TRANZLATY

Sprache ist für alle da

言語はすべての人のためのもの

Die Verwandlung

変身

Franz Kafka

フランツ・カフカ

Deutsch

日本語

ISBN: 978-1-83566-654-8
Die Verwandlung
Franz Kafka, 1915

www.tranzlaty.com

Teil Eins

パート1

Gregor Samsa erwachte eines Morgens aus unruhigen Träumen.

グレゴール・ザムザはある朝、不安な夢から目覚めた。

Er befand sich in seinem Bett, konnte sich aber nicht bewegen.

彼はベッドにいたが、動くことができなかった。

Er war in ein monströses Ungeziefer verwandelt worden.

彼は怪物のような害虫に変身していた。

Er lag auf dem Rücken, der sich hart wie eine Rüstung anfühlte.

彼は鎧のように硬い背中を下にして横たわっていた。

Indem er den Kopf ein wenig hob, konnte er seinen Bauch sehen.

頭を少し上げるとお腹が見えました。

Sein Bauch aber war gewölbt und in Segmente unterteilt.

しかし、彼の腹はドーム状になっており、いくつかの部分に分かれていました。

Die Decke lag auf seinem runden Bauch.

毛布は彼の丸いお腹の上に置かれていました。

Die Decke war jedoch kurz davor, ganz herunterzurutschen.

しかし、毛布は完全に滑り落ちそうになっていました。

Seine Beine wirkten im Vergleich zu ihrer üblichen Größe jämmerlich.

彼の足は、普段のサイズと比べると哀れなほどだった。

Und seine vielen Beine flackerten hilflos vor seinen Augen.

そして彼のたくさんの足が、彼の目の前で無力に揺らめいた。

„Was ist nur mit mir geschehen?", dachte er bei sich.

「僕に何が起こったんだ？」と彼は心の中で思った。

Aber es war kein Traum, aus dem er nicht erwachen konnte.

しかし、それは彼が覚めることのできない夢ではなかった。

Es war tatsächlich sein eigenes Zimmer, in dem er sich wiederfand.

彼がそこにいたのは本当に彼自身の部屋だった。

Ein richtiges Zimmer für Menschen, aber leider etwas zu klein.

人間が住める部屋ですが、ちょっと狭すぎます。

Er lag still zwischen den vier bekannten Mauern.

彼はよく知られている四方の壁の間に静かに横たわっていた
。

Auf dem Tisch befand sich eine Sammlung von Textilmustern.

テーブルの上には織物のサンプルが集められていました。

Samsa war Handelsreisender, daher die Muster.

サムサは巡回セールスマンだったので、サンプルを持ってい
ました。

Über den auseinandergenommenen Textilproben hing ein Bild.

分解された繊維サンプルの上には写真がありました。

Er hatte das Bild erst vor Kurzem aus einer Zeitschrift ausgeschnitten.

彼は最近雑誌からその写真を切り取った。

Er hatte das Bild in einen hübschen, vergoldeten Rahmen gefasst.

彼はその絵をきれいな金色の額縁に入れて飾った。

Das gerahmte Bild zeigte eine aufrecht sitzende Dame.

額に入った絵にはまっすぐに座っている女性が描かれていた
。

Sie trug eine Pelzmütze und hatte einen Pelzmuff.

彼女は毛皮の帽子をかぶっていて、毛皮のマフをつけていました。

Sie hob ihre Hand in Richtung des Betrachters des Bildes.

彼女は写真を見る人のほうに手を挙げていた。

Ihr ganzer Unterarm verschwand in ihrem schweren Pelzmuff.

彼女の前腕全体が重い毛皮のマフの中に隠れていました。

Gregor blickte aus dem Fenster auf das trübe Wetter.

グレゴールは窓からどんよりとした天気を眺めた。

Man konnte hören, wie schwere Regentropfen gegen das Fenster prasselten.

激しい雨粒が窓に当たる音が聞こえた。

Das graue Wetter stimmte ihn sehr melancholisch.

どんよりとした天気のせいで彼はとても憂鬱な気分になった。

„Wie wäre es, wenn ich noch ein bisschen länger schlafe?", dachte er.

「もう少し寝てみてはどうだろうか」と彼は思った。

"Mehr Schlaf könnte mir helfen, diesen Unsinn zu vergessen."

「もっと寝ればこのナンセンスを忘れられるかもしれない。」

Länger zu schlafen war jedoch völlig unmöglich.

しかし、これ以上寝続けることはまったく不可能でした。

Weil er es gewohnt war, auf seiner rechten Seite zu schlafen.

なぜなら彼は右側を下にして寝ることに慣れていたからです。

Sein aktueller Zustand schränkte jedoch seine üblichen Bewegungsfreiheiten ein.

しかし、彼の現在の状態は、通常の動作を妨げていました。

Er hatte keine Möglichkeit, in diese Lage zu gelangen.

彼にはこの立場に立つ方法がなかった。

Er versuchte sein Bestes, sich auf die rechte Seite zu werfen.

彼は全力を尽くして自分の右側に倒れ込もうとした。

Er hat diese Bewegung wahrscheinlich hundertmal versucht.

彼はおそらくこの動きを100回ほど試みただろう。

Aber er kippte immer wieder in die Rückenlage zurück.

しかし、彼はいつも仰向けの姿勢に戻って揺すられていました。

Er schloss die Augen, um seine unruhigen Beine nicht sehen zu müssen.

彼は落ち着かない足を見ないように目を閉じた。

Am Ende hinderten ihn seine Schmerzen daran, es noch einmal zu versuchen.

結局、痛みのせいで彼は再び挑戦することができなくなった。

Ein dumpfer Schmerz in der Seite, den er noch nie zuvor gespürt hatte.

これまで感じたことのない鈍い痛みが脇腹に走った。

„Oh Gott", dachte Gregor Samsa verzweifelt bei sich.

「ああ、神様」とグレゴール・ザムザは心の中で必死に思った。

"Was für einen anstrengenden Beruf ich mir da doch ausgesucht habe!"

「私は何と大変な職業を選んだのだろう！」

„Ich muss beruflich Tag für Tag reisen."

「仕事で毎日あちこち飛び回らなければなりません。」

„Büroarbeit ist viel einfacher als die Arbeit unterwegs."

「オフィスで働くことは外出先で働くよりもはるかに簡単です。」

„Und ich habe den Fluch, ständig reisen zu müssen."

「そして、私はあちこち旅をしなくてはならないという呪い
にかかっているんです。」
„Die ganze Sorge, die Züge nicht rechtzeitig zu verpassen.“
「電車に間に合うかどうかの心配ばかり。」
„Meine Mahlzeiten sind unregelmäßig und das Essen ist
schlecht.“
「食事の時間が不規則だし、食べ物もまずい。」
„Meine Freunde wechseln ständig, je nachdem, wo ich
hinziehe.“
「私の友達は町から町へといつも変わっています。」
„Meine Interaktionen sind kühl und professionell.“
「私とのやりとりは冷たくプロフェッショナルなものでした
。」
„Sollen sich doch die Teufel mit solchen Arbeiten
vergnügen!“
「悪魔はこのような仕事で楽しもう！」
Er verspürte ein leichtes Jucken im oberen Bereich seines
Bauches.
彼はお腹の上部に軽いかゆみを感じた。
Er stemmte sich mit dem Rücken gegen den Bettpfosten.
彼は背中をベッドの柱に押し付けた。
Er wollte seinen Kopf besser heben können.
彼は頭をもっとうまく上げられるようになりたいと考えてい
ました。
Er fand die juckende Stelle, die ihn plagte.
彼は自分を悩ませていたかゆい部分を見つけた。
Sein Kopf schien mit kleinen weißen Punkten bedeckt zu
sein.
彼の頭は小さな白い点で覆われているようだった。
Was diese kleinen weißen Punkte waren, konnte er nicht
sagen.

これらの小さな白い点が何であるかは彼には分からなかった。

Er hatte geplant, die Stelle mit einem seiner Beine zu berühren.

彼は片足でその場所に触れるつもりだった。

Doch als er die Stelle berührte, verspürte er ein seltsames Frösteln.

しかし、その場所に触れると、奇妙な寒気を感じた。

Daraufhin zog er sein Bein sofort von der Stelle weg.

そこで彼はすぐにその場所から足を引っ込めました。

Ihm blieb nichts anderes übrig, als das Jucken zu ertragen.

かゆみを感じるのを我慢するしかなかった。

Und er kehrte in seine vorherige Position im Bett zurück.

そして彼はベッドの元の位置に戻りました。

„Wer so früh aufwacht, wird echt ziemlich dumm."

「こんなに早く起きると本当にバカになるよ。」

„Ein Mann braucht genug Schlaf", dachte er sich.

「人間は十分な睡眠を取らなくてはならない」と彼は心の中で思った。

„Die anderen Handelsreisenden leben in Luxus."

「他の旅行セールスマンは贅沢な暮らしを送っています。」

„Morgens übermittle ich die erhaltenen Bestellungen."

「午前中に、受けた注文を転送します。」

„Währenddessen frühstücken die Herren noch."

「その間、あの紳士たちはまだ朝食を食べています。」

„Stellen Sie sich nur vor, ich würde das bei meinem Chef versuchen."

「もし私が上司に同じことをしたらどうなるか想像してみてください。」

„Er würde mich feuern, bevor ich mit dem Frühstück fertig bin."

「朝食を終える前に彼は私を解雇するだろう。」

„Aber vielleicht wäre das auch nicht das Schlimmste.“

「でも、もしかしたらそれも最悪のことではないかもしれない。」

„Das Problem ist, dass meine Eltern mich zurückhalten.“

「問題は両親が私を妨害していることです。」

„Ohne sie hätte ich schon längst gekündigt.“

「彼らがいなかったら私はすでに辞任していただろう」

„Ich hätte mich dem Chef entgegengestellt und es ihm gesagt.“

「私は上司に立ち向かい、彼に言ったでしょう。」

„Ich würde genau sagen, was ich von ihm und der Stelle halte.“

「私は彼と仕事について私がどう思っているかを正直に伝えたい。」

„Er würde vom Schreibtisch fallen, wenn ich ihm alles erzählen würde!“

「すべてを話したら彼は机から落ちてしまうでしょう！」

„Es ist sehr seltsam, wie er an seinem Schreibtisch sitzt.“

「彼が机に座る様子はとても奇妙だ。」

„Seine Art, mit seinen Untergebenen zu sprechen, ist nicht in Ordnung.“

「彼の部下に対する話し方は正しくありません。」

„Und das Schlimmste ist, dass sein Gehör so schlecht ist.“

「そして最悪なのは、彼の聴力が非常に悪いということです。」

„Sie haben also keine andere Wahl, als ganz nah bei ihm zu sitzen.“

「だから、彼のすぐ近くに座るしかないんです。」

„Aber trotz allem ist die Hoffnung noch nicht völlig verloren.“

「しかし、そうは言っても、まだ希望は完全に失われたわけではない。」

„Ich werde das Geld sparen, um die Schulden meiner Eltern zu begleichen.“

「両親の借金を返済するためにお金を貯めます。」

„Ich kann nichts tun, solange sie ihm noch Geld schulden.“

「彼らがまだ借金をしている間は何もできない。」

„Aber wenn die Schulden beglichen sind, werde ich es auf jeden Fall tun.“

「でも借金が返済できたら必ずやります」

„Es wird wahrscheinlich noch fünf bis sechs Jahre dauern.“

「おそらくあと5〜6年かかるでしょう。」

"Ja, dann wird die große Trennung definitiv erfolgen."

「はい、そうなれば必ず大きな別れが訪れるでしょう。」

„Fürs Erste muss ich jedoch aufstehen.“

「しかし、当分の間はベッドから出なければなりません。」

„Weil mein Zug um fünf Uhr abfährt.“

「私の乗る電車は5時に出発するから。」

Gregor blickte auf den tickenden Wecker auf dem Tisch.

グレゴールはテーブルの上でカチカチと音を立てる目覚まし時計を見つめた。

"Himmlischer Vater!", dachte er, als er die Uhrzeit sah.

「天のお父様！」彼は時間を見てそう思いました。

Halb sieben war schon still und leise vergangen.

六時半はすでに静かに過ぎ去っていた。

Und die Zeiger der Uhr bewegten sich immer weiter vorwärts.

そして時計の針は進み続けました。

Es war nun fast Viertel vor sieben.

そして時刻は7時15分に近づいていた。

"Vielleicht hat der Wecker nicht geklingelt, um mich zu wecken?", dachte er.

「もしかしたら目覚まし時計が鳴っていなかったのかも？」

と彼は思った。

Von seinem Bett aus inspizierte Gregor den Wecker.

グレゴールはベッドから目覚まし時計を調べた。

Der Wecker war korrekt auf vier Uhr eingestellt.

目覚まし時計は正確に4時に設定されていました。

Er konnte es sich nicht erklären, aber der Alarm musste losgegangen sein.

彼は説明できなかったが、警報が鳴ったに違いない。

"Wie konnte ich den Wecker verschlafen, ohne es zu merken?"

「どうして気づかずにアラームを聞きながら寝てしまったんだろう？」

Wenn der Alarm losgeht, wackeln sogar die Möbel.

アラームが鳴ると家具も揺れます。

Er wusste, dass sein Schlaf alles andere als ruhig gewesen war.

彼は自分の眠りが決して安らかではなかったことを知っていた。

Aber vielleicht war das der Grund, warum sein Schlaf so viel tiefer war.

しかし、おそらくそれが彼の眠りがより深くなった理由でしょう。

Er musste darüber nachdenken, was er nun tun sollte.

彼は今何をすべきか考えなければならなかった。

Der nächste Zug fuhr erst um sieben Uhr ab.

次の電車は7時まで出発しませんでした。

Diesen Zug zu erreichen, wäre nahezu unmöglich.

その電車に乗るのはほぼ不可能だろう。

Und die benötigten Textilien hatte er noch nicht eingepackt.

そして彼はまだ必要な織物を梱包していませんでした。

Er fühlte sich auch nicht besonders frisch und agil.

彼は特に新鮮で機敏な感じもしなかった。

Vielleicht bestand die Möglichkeit, in den Zug einzusteigen.

もしかしたら電車に乗れるチャンスもあったかもしれない。

Doch ein Tadel vom Chef war so oder so unvermeidlich.

しかし、どちらにしても上司からの叱責は避けられませんでした。

Der Angestellte wäre in den Fünf-Uhr-Zug eingestiegen.

店員は5時の電車に乗っていたでしょう。

Der Büroangestellte war ein willensschwaches Werkzeug des Chefs.

その事務員は上司の意気地なしの生き物だった。

Gregors Abwesenheit wäre also bereits gemeldet worden.

つまり、グレゴールの不在はすでに報告されていたはずだ。

„Was wäre, wenn ich mich krankmelde?", überlegte Gregor.

「もし病気だと電話したらどうなるだろう？」グレゴールは考えていた。

Das wäre aber äußerst peinlich und verdächtig.

しかし、それは非常に恥ずかしく、疑わしいことでしょう。

Gregor war in der gesamten Zeit, die er dort arbeitete, nie krank gewesen.

グレゴールはそこで働いていた間、一度も病気になったことがなかった。

Und er hatte ihnen bereits fünf Jahre Dienst geleistet.

そして彼はすでに彼らに5年間の奉仕を与えていました。

Die Chancen standen gut, dass der Chef vorbeikommen würde, um nach ihm zu sehen.

おそらく上司が彼をチェックしに来るだろう。

Er würde wahrscheinlich den Arzt der Krankenversicherung mitbringen.

おそらく彼は健康保険の医師を連れてくるでしょう。

Und er würde die Eltern für ihren faulen Sohn verantwortlich machen.

そして彼は、怠惰な息子のせいで両親を責めるだろう。

Sie könnten gegen ihn keine Einwände erheben.

彼らは彼に対していかなる異議も唱えることができなかっただろう。

Denn für ihn gab es nur zwei Arten von Arbeitern.

なぜなら彼にとって労働者は二種類しかいなかったからです。

Entweder waren die Arbeiter kerngesund oder arbeitsscheu.

労働者は完全に健康であるか、仕事嫌いであるかのどちらかであった。

Und läge er mit dieser grundlegenden Analyse überhaupt falsch?

そして、その基本的な分析において、彼は間違っているだろうか？

In diesem Fall hatte er sicherlich ein starkes Argument.

確かに、この件では、彼の主張は説得力がありました。

Trotz seines Aussehens fühlte sich Gregor tatsächlich recht wohl.

グレゴールは、その外見とは裏腹に、実はかなり元気だった。

Der unnötig lange Schlaf hatte ihn etwas schläfrig gemacht.

不必要に長く眠ったせいで、彼は少し眠くなった。

Abgesehen davon konnte er sich aber über keine Krankheit beklagen.

しかし、それ以外に彼は病気について訴えることはできなかった。

Er verspürte sogar einen besonders starken und gesunden Hunger.

彼は特に強く健康的な空腹感さえ感じました。

Während er diesen Gedanken nachging, schlug die Uhr erneut.

彼がこんなことを考えている間に、時計がまた鳴った。

Laut Alarm war es jetzt Viertel vor sieben.

警報によると、今は7時15分だった。

Und nun klopfte es auch leise an der Tür.

そして今度は、ドアを優しくノックする音が聞こえた。

„Gregor", rief ihm jemand zu – es war die Mutter.

「グレゴール」誰かが彼に呼びかけた。それは母親だった。

„Es ist Viertel vor sieben", bestätigte sie den Alarm.

「7時15分です」と彼女はアラームを確認した。

"Wolltest du nicht gehen?", fragte die sanfte Stimme.

「帰りたくなかったの？」優しい声が尋ねた。

Gregor erschrak, als er seine eigene Stimme antworten hörte.

グレゴールは彼の返事の声が聞こえて怖くなった。

Es war immer noch dieselbe Stimme, die er schon immer hatte.

その声は、彼がいつも持っていた声のままだった。

Doch nun mischte sich ein neuer Klang in seine Stimme.

しかし、今や彼の声には新たな音が混じっていた。

Tief aus seinem Inneren entfuhr ihm auch ein schmerzhafter Schrei.

彼の体の奥底からは、痛ましい悲鳴も聞こえてきた。

Zunächst schien seine Stimme die Worte klar zu formen.

最初、彼の声は明瞭に言葉を表現しているように思えた。

Doch dann hörte Gregor das Echo seiner Stimme in seinem Kopf.

しかしそのとき、グレゴールは自分の声が心の中で反響するのを聞いた。

Die Aufnahme seiner Stimme ist auf seltsame Weise zerbrochen.

彼の声の録音は奇妙な形で途切れた。

Und er war sich nicht sicher, ob er richtig gehört hatte.

そして彼は自分が正しく聞いたのかどうか確信が持てなかった。

Gregor verspürte den starken Wunsch, eine ausführliche Antwort zu geben.

グレゴールは詳細な答えを出したいという強い欲求を感じた。

Er wollte seiner Mutter alles genau erklären.

彼は母親にすべてをわかりやすく説明したかった。

Doch angesichts der Umstände musste er sich einschränken.

しかし、状況を考えると、彼は自分自身を制限しなければなりませんでした。

Und er antwortete viel kürzer, als er es gern getan hätte.

そして彼は、自分が望んでいたよりもずっと短い答えを返しました。

"Ja, Mutter, keine Sorge, danke, ich bin schon wach."

「はい、お母さん、心配しないで、ありがとう、もう起きてるよ。」

Die Holztür trug vermutlich dazu bei, seine Stimme zu dämpfen.

おそらく木製のドアが彼の声をかき消すのに役立ったのだろう。

Draußen blieb die Veränderung in Gregors Stimme unbemerkt.

外ではグレゴールの声の変化は気づかれなかった。

Die Mutter schien mit seiner Erklärung zufrieden zu sein.

母親は彼の説明に満足したようだった。

Und sie ging genauso leise wieder, wie sie gekommen war.

そして彼女は来た時と同じように静かにまた去っていった。

Doch das kurze Gespräch hatte eine unerwünschte Folge.

しかし、そのちょっとした会話は望ましくない影響を及ぼした。

Er erregte die Aufmerksamkeit der anderen Familienmitglieder.

彼は他の家族の注目を集めた。

Gregor war noch zu Hause und nicht zur Arbeit gegangen.

グレゴールはまだ家にいて、仕事に行っていませんでした。

Und nun klopfte auch der Vater an die Seitentür.

そして今度は父親も通用口をノックしました。

Er klopfte schwach, aber entschlossen mit der Faust.

彼は弱々しくも決意を込めて拳でノックした。

„Gregor, Gregor", rief er, „was ist das Problem?"

「グレゴール、グレゴール」と彼は呼びかけた。「何が問題なんだ？」

Nach einer Weile warnte er erneut, diesmal mit tieferer Stimme.

しばらくして、彼はまた低い声で警告した。

Doch nun klopfte die Schwester an die andere Tür.

しかし今度は反対側のドアで姉がノックした。

"Gregor? Geht es dir nicht gut?", fragte sie leise.

「グレゴール？具合が悪いの？」彼女は静かに尋ねた。

„Brauchen Sie irgendetwas?", fragte sie besorgt.

「何か必要なものはありますか？」と彼女は心配そうに尋ねた。

Gregor antwortete beiden Seiten: „Ich bin schon fertig."

グレゴールはどちらに対してもこう答えた。「もう終わりました。」

Er hatte sich größte Mühe gegeben, alle Wörter sorgfältig auszusprechen.

彼はすべての単語を注意深く発音するよう最善を尽くした。

Und er entfernte alles Auffällige aus seiner Stimme.

そして彼は声から目立つものをすべて取り除いた。

Auch der Vater schien mit der Antwort zufrieden zu sein.

父親もその答えに満足したようだった。

Und er kehrte zu seinem unvollendeten Frühstück zurück.

そして彼は、食べ残した朝食に戻りました。

Doch die Schwester flüsterte: „Gregor, mach auf, ich flehe dich an.“

しかし、姉は「グレゴール、お願いだから開けて」とささやきました。

Doch ihre Sorge um ihn konnte ihn in keiner Weise bewegen.

しかし、彼女の彼に対する心配は、彼を少しも動かすことはできなかった。

Gregor hatte nicht die Absicht, ihr die Tür zu öffnen.

グレゴールは彼女のためにドアを開けるつもりはなかった。

Durch seine Reisen hatte er sich einige vorsichtige Gewohnheiten angeeignet.

彼は旅行を通じて慎重な習慣を身につけた。

Und er lobte sich selbst dafür, die Türen abgeschlossen zu haben.

そして彼はドアに鍵をかけたことを自ら褒めた。

Zunächst wollte er in Ruhe und in seinem eigenen Tempo aufstehen.

まず彼は静かに自分の時間に起きたかった。

Und er wollte sich ungestört anziehen.

そして、邪魔されることなく、彼は服を着たかったのです。

Nachdem er das geschafft hatte, wollte er frühstücken.

それが達成されると、彼は朝食をとりたくなった。

Erst dann wollte er die Situation weiter überdenken.

そのときになって初めて、彼は状況をさらに検討したいと思った。

Er wusste, dass es sinnlos war, im Bett Pläne zu schmieden.
彼はベッドで計画を立てても無駄だと知っていた。

Zu einem vernünftigen Schluss zu gelangen, wäre unmöglich.
賢明な結論に達することは不可能だろう。

Es gab schon andere Male, da war er mit leichten Schmerzen aufgewacht.
軽い痛みで目が覚めることも何度かあった。

Diese Schmerzen erwiesen sich stets als reine Einbildung.
これらの苦痛は常に単なる想像であることが判明しました。

Beim Aufstehen verschwanden die Schmerzen ausnahmslos.
ベッドから起き上がると痛みは必ず消えました。

Er war neugierig, was mit diesen Ideen geschehen würde.
彼はこれらのアイデアがどうなるのか興味を持っていた。

Die Veränderung seiner Stimme war wahrscheinlich nur auf eine Erkältung zurückzuführen.
彼の声の変化はおそらく単なる風邪のせいだろう。

Erkältungen sind für Reisende einfach ein Berufsrisiko.
旅行者にとって、風邪は単なる職業病です。

Er hatte keinen Zweifel daran, dass dies die logische Erklärung war.
それが論理的な説明であることに彼は何の疑いも持たなかった。

Es gelang ihm mühelos, die Decke von sich zu streifen.
毛布を脱ぐのは簡単にできました。

Er musste nur einatmen und sich aufblasen.
彼がしなければならなかったのは、息を吸って自分自身を膨らませることだけでした。

Die Decke rutschte von seinem Körper und landete auf dem Boden.

毛布が彼の体から滑り落ちて床に落ちた。

Sein unglaublich breiter Körperbau erschwerte auch andere Dinge.

彼の信じられないほど広い体は他のことを困難にしました。

Er hätte Arme und Hände gebraucht, um aufzustehen.

立ち上がるには腕と手が必要だったでしょう。

Aber er hatte nicht mehr die Gliedmaßen, die er früher gehabt hatte.

しかし、彼は以前のような手足はもうありませんでした。

Anstelle von Armen und Händen hatte er viele kleine Beine.

腕と手の代わりに、たくさんの小さな足がありました。

Und seine Beine bewegten sich ständig, ohne dass er es kontrollieren konnte.

そして彼の足は、自分では制御できないまま、絶えず動いていた。

Er versuchte, ein Bein zu beugen, aber stattdessen streckte es sich.

彼は片方の足を曲げようとしたが、代わりに足は伸びてしまった。

Schließlich gelang es ihm, ein Bein unter seine Kontrolle zu bringen.

彼はついに片足をコントロールすることができた。

Doch dann wurde die Bewegung der anderen Beine freigegeben.

しかしその後、他の足の動きが解放されました。

Und seine Beine zuckten vor lauter Aufregung.

そして、彼の足はすべて極度の興奮でピクピクと動きました。

Zuerst wollte er seinen Unterkörper aus dem Bett bekommen.

まず彼は下半身をベッドから出そうとした。

Seinen Unterkörper hatte er aber noch nicht gesehen.

しかし、彼はまだ自分の下半身を実際に見ていなかった。

Und es erwies sich ohnehin als zu schwierig, diesen Teil zu versetzen.

そして、この部分を移動するのはとにかく困難すぎることが判明しました。

Schließlich wagte er mit all seiner Kraft einen waghalsigen Schritt.

ついに、彼は全力を尽くして大胆な行動に出ました。

Ohne weiter zu zögern, trat er vorwärts.

彼はそれ以上ためらうことなく前進した。

Doch er hatte die falsche Richtung eingeschlagen.

しかし、彼は進むべき方向を間違えていた。

Er schlug mit voller Wucht mit dem Körper gegen den unteren Bettpfosten.

彼はベッドの下の柱に激しく体を打ち付けた。

Der brennende Schmerz, den er empfand, lehrte ihn eine wertvolle Lektion.

彼が感じた焼けるような痛みは彼に貴重な教訓を与えた。

Sein Unterkörper war vielleicht empfindlicher.

下半身の方が敏感だったのかもしれない。

Also versuchte er zuerst, seinen Oberkörper aus dem Bett zu bekommen.

そこで彼はまず上半身をベッドから出そうとしました。

Er drehte seinen Kopf vorsichtig in die richtige Richtung.

彼は慎重に頭を正しい方向に向けた。

Und schon bald lag sein Kopf am Bettrand.

そしてすぐに彼の頭はベッドの端を向いた。

Diese vorsichtige Vorgehensweise fiel ihm tatsächlich leicht.

この慎重な動きは、実は彼にとっては簡単なことだった。

Und weder seine Breite noch sein Gewicht hinderten ihn an seinen Bewegungen.

そして、彼の体幅と体重は彼の動きを止めることはなかった。

Die Masse seines Körpers folgte langsam der Drehung des Kopfes.

彼の体の質量は頭の回転にゆっくりと追従した。

Doch dann streckte er den Kopf über die Bettkante.

しかし、彼はベッドの端に頭を乗せました。

Und er sah sich einer neuen Angst gegenüber, über die er noch nicht nachgedacht hatte.

そして彼は、これまで考えたこともなかった新たな恐怖に直面した。

Ein weiteres Vorgehen in dieser Richtung könnte gefährlich sein.

この方法でこれ以上前進すると危険になる可能性があります。

Er hatte gedacht, er würde sich einfach fallen lassen.

彼は、ただ落ちていくだけだと思っていた。

Es wäre aber ein Wunder, wenn er sich dabei nicht am Kopf verletzen würde.

しかし、頭を負傷しなかったら奇跡だ。

Jetzt war nicht der richtige Zeitpunkt, um ein Bewusstseinsverlustrisiko einzugehen.

今は意識を失う危険を冒す場合ではなかった。

Vielleicht wäre es doch besser, im Bett zu bleiben.

結局ベッドにいたほうがいいのかもしれない。

Doch dann musste er denselben Aufwand betreiben, um zurückzukehren.

しかし、戻るにも同じ努力をしなければならなかった。

Nach all der Mühe lag er da, genau wie zuvor.

あれだけの努力をした後、彼は以前と同じようにそこに横たわっていた。

Und nun schienen seine Beine noch wütender zu sein als zuvor.

そして今、彼の足は前よりもさらに痛んでいるように見えました。

Die Bewegungen seiner Beine waren noch unkontrollierbarer geworden.

彼の足の動きはさらに制御不能になった。

Er sah keinen Ausweg aus seiner Situation.

彼は自分が置かれた状況から抜け出す方法が見つからないと感じた。

Aus diesem Chaos konnte kein Frieden und keine Ordnung hergestellt werden.

この混乱から平和と秩序はもたらされなかった。

Aber er wusste, dass auch im Bett zu bleiben keine Option war.

しかし、彼はベッドに留まることも選択肢ではないことを知っていた。

Alles zu opfern war die vernünftigste Option.

すべてを犠牲にすることが最も賢明な選択でした。

Er klammerte sich an den kleinsten Hoffnungsschimmer, jemals wieder aufstehen zu können.

彼はベッドから起き上がれるというわずかな希望を持ち続けた。

Wenn ihm das gelingt, hat sich das ganze Risiko gelohnt.

もし彼がこれを成し遂げることができれば、すべてのリスクは価値があっただろう。

Doch gleichzeitig erinnerte er sich auch an etwas anderes.

しかし、同時に彼は別のことも思い出した。

„Besser als verzweifelte Entscheidungen sind ruhige Überlegungen."

「必死の決断よりも冷静な熟考のほうが良い。」

Mit aller Kraft konzentrierte er seinen Blick auf das Fenster.

彼は全力を尽くして目を窓に集中させた。

Doch was er sah, stimmte ihn wenig zuversichtlich und erfreute ihn nicht.

しかし、彼が見たものは、ほとんど自信と元気を与えなかった。

Der Morgennebel hüllte die gesamte enge Straße ein.

朝霧が狭い通り全体を覆っていた。

Der Wecker klingelte erneut; es war nun sieben Uhr.

目覚まし時計が再び鳴り、今は7時だった。

„Es ist bereits sieben Uhr und es ist immer noch so neblig."

「もう7時なのに、まだ霧が濃いですね。」

Eine Zeitlang lag er still da und atmete nur schwach.

しばらくの間、彼は弱々しく呼吸しながら静かに横たわっていた。

Vielleicht würde etwas Ruhe eine gewisse Normalität herbeiführen.

おそらく、ある程度の静けさが、ある程度の正常性をもたらすだろう。

Völliges Schweigen könnte die wahren Zustände herbeiführen.

完全な沈黙が現実の状況をもたらす可能性がある。

Doch bevor die Uhr erneut schlug, durchbrach er das Schweigen.

しかし、時計が再び鳴る前に、彼は沈黙を破った。

Bevor die Uhr wieder schlägt, muss ich aus dem Bett sein.

「時計がまた鳴る前にベッドから出なくてはならない。」

„Ich muss bis dahin unbedingt komplett aus dem Bett sein."

「その時までに私は絶対に完全にベッドから出なければなりません。」

„Nach Viertel nach sieben schickt das Büro jemanden.“

「7時15分以降にオフィスから誰かが来ます。」

„Weil das Büro vor sieben Uhr öffnete.“

「オフィスが7時前に開いたからです。」

Und nun begann er, seinen Körper aus dem Bett zu schaukeln.

そして彼は体を揺らしながらベッドから起き上がり始めました。

Er hatte aufgehört, sich auf seinen Ober- oder Unterkörper zu konzentrieren.

彼は上半身にも下半身にも集中することを諦めていた。

Sein ganzer Körper musste aus dem Bett herausragen.

彼の体全体がベッドから出なければなりませんでした。

Bei einem Sturz in diese Richtung sollte sein Kopf geschützt sein, dachte er.

こうすれば頭は守られるはずだ、と彼は思った。

Er hatte geplant, den Kopf zu heben, sobald er auf dem Boden aufschlug.

彼は地面に落ちたときに頭を上げるつもりだった。

Sein Rücken schien hart genug für den Aufprall zu sein.

彼の体の後ろ側は衝撃に耐えられるほど硬くなっているようだった。

Und der Teppich diente dazu, die Landung abzufedern.

そして、カーペットは着地を和らげるためにありました。

Seine größte Sorge galt jedoch dem Lärm.

しかし、彼が最も心配していたのは大きな騒音だった。

Das krachende Geräusch würde alle im Haus erschrecken.

その衝突音は家にいる全員を怖がらせるだろう。

Vielleicht hätten sie keine Angst vor dem lauten Lärm.

おそらく彼らは大きな音を怖がらないだろう。

Aber sie wären mit Sicherheit besorgt, wenn sie davon hörten.

しかし、もし彼らがそれを聞いたら、きっと心配するだろう。

Man musste aber das Risiko eingehen, Aufmerksamkeit zu erregen.

しかし、注目を集めるリスクを負わなければなりませんでした。

Die neue Methode war eher ein Spiel als eine Anstrengung.

新しい方法は努力というよりもゲームのようなものだった。

Er musste seinen Körper in plötzlichen und ruckartigen Bewegungen hin und her wiegen.

彼は突然、ぎくしゃくした動きで体を揺らさなければならなかった。

Gregor war schon halb aus dem Bett aufgestanden.

グレゴールはすでにベッドから半分出ていた。

Nun kam ihm gerade ein neuer Gedanke.

今、彼の頭に新たな考えが浮かんだ。

„Es wäre alles so einfach, wenn mir jemand zu Hilfe käme."

「誰かが助けに来てくれたら、すべてが簡単になるのに。」

„Zwei kräftige Personen würden völlig ausreichen."

「二人の強い人がいれば十分でしょう。」

Sein Vater und das Dienstmädchen wären stark genug.

彼の父親とメイドは十分に強いだろう。

Sie müssten nur ihre Arme unter seinen Rücken schieben.

彼らはただ彼の背中の下に腕を滑り込ませるだけでよかったのです。

Und dann könnten sie ihn ganz leicht aus dem Bett ziehen.

そして彼らは彼を簡単にベッドから引きずり出すことができた。

Vielleicht hätten sie sein Gewicht langsam reduzieren müssen.

おそらくゆっくりと体重を減らさなければならなかっただろう。

Hoffentlich hätten die Beine dann ihren Zweck gefunden.

そうすれば、足は目的を見つけたことになるでしょう。

Wäre es nicht letztendlich besser, um Hilfe zu rufen?

「結局、助けを求めたほうがいいんじゃないの？」

Das Problem war natürlich, dass er die Türen abgeschlossen hatte.

問題は、もちろん彼がドアに鍵をかけていたことだ。

Irgendwie hatte der Gedanke etwas, das ihn amüsierte.

その考えには彼をくすぐるような何かがあった。

Und trotz seiner Notlage konnte er sich ein Lächeln nicht verkneifen.

そして、苦難にもかかわらず、彼は笑いを抑えることができなかった。

Er war schon kurz davor, das Gleichgewicht zu verlieren.

彼はすでにバランスを崩しそうになっていた。

Mit jedem Schwung kam er dem Umkippen vom Bett näher.

揺れるたびに、彼はベッドから落ちそうになった。

Bald musste er die endgültige Entscheidung treffen.

間もなく彼は最終決断を下さなければならなくなった。

In fünf Minuten würde es Viertel nach sieben sein.

5分後には7時15分になるところだった。

Während er diesen Gedanken nachging, klingelte es an der Tür.

彼がそんなことを考えていると、ドアベルが鳴った。

„Das ist jemand aus dem Büro", sagte er zu sich selbst.

「あれはオフィスの誰かだ」と彼は心の中で思った。

Und er erstarrte fast vor Angst angesichts des Besuchers.

そして彼は訪問者に対する恐怖で凍り付きそうになった。

Seine Beine tanzten noch wilder als zuvor.

彼の足は前よりもさらに激しく踊った。

Doch dann herrschte einen Moment lang Stille.

しかし、その後、一瞬、すべてが静かになりました。

„Sie werden die Tür nicht öffnen", sagte Gregor zu sich selbst.

「彼らはドアを開けてくれない」とグレゴールは心の中で思った。

Er war noch immer einer sinnlosen Hoffnung verfallen.

彼はまだ無意味な希望に囚われていた。

Doch dann ging das Dienstmädchen natürlich zur Tür.

しかし、当然のことながら、メイドはドアに向かって歩きました。

Und wie immer öffnete sie dem Besucher die Tür.

そして、いつものように、彼女は訪問者のためにドアを開けました。

Gregor brauchte nur die erste Begrüßung des Besuchers zu hören.

グレゴールは訪問者の最初の挨拶を聞くだけでよかった。

Er konnte sofort erkennen, wer ihn gesucht hatte.

彼は誰が彼を迎えに来たのかすぐに分かった。

Der Hauptschreiber selbst war gekommen, um nach Samsa zu sehen.

主任事務員自らサムサの様子を見に来た。

Warum war Gregor der Einzige, der zu diesem Schicksal verurteilt wurde?

なぜグレゴールだけがこのような運命をたどったのでしょうか?

Warum musste ausgerechnet er in einer solchen Organisation dienen?

なぜ彼だけがそのような組織に所属しなければならなかったのでしょうか？

Das geringste Versehen weckte sofort Misstrauen.

ほんの少しの見落としでもすぐに疑惑が浮上した。

Waren alle Angestellten, die dort arbeiteten, Schurken?

そこで働いていた従業員は全員悪党だったのか？

Gab es denn keinen treuen und ergebenen Menschen unter ihnen?

彼らの中には忠実で献身的な人はいなかったのでしょうか？

Hätten sie nicht einfach einen Lehrling schicken können?

弟子を送ってくればよかったのではないですか？

War diese ganze Infragestellung überhaupt notwendig?

これらすべての質問は本当に必要だったのでしょうか？

Musste der Bevollmächtigte persönlich erscheinen?

代理人が自ら来なければならなかったのですか？

Musste wirklich die gesamte unschuldige Familie informiert werden?

罪のない家族全員に知らせる必要があったのでしょうか？

All diese Überlegungen veranlassten Gregor zum Handeln.

これらすべての考慮がグレゴールを行動へと駆り立てた。

Er schwang sich mit aller Kraft aus dem Bett.

彼は全力でベッドから飛び起きた。

Es gab einen lauten Knall, aber es war eigentlich kein richtiges Geräusch.

大きな音がしたが、それは実際には騒音ではなかった。

Der Fall wurde durch den Teppich etwas abgemildert.

カーペットのおかげで落下の衝撃が少し和らぎました。

Sein Rücken war elastischer, als Gregor angenommen hatte.

彼の背中はグレゴールが思っていた以上に弾力があった。

Der Klang war also dumpfer und nicht so auffällig.

そのため、音はより鈍くなり、それほど目立たなくなりまし
た。

Doch er hatte seinen Kopf während des Sturzes nicht geschützt.

しかし、彼は転倒時に頭のケアをしていなかった。

Und als er auf den Boden aufschlug, schlug er auch mit dem Kopf auf.

そして地面に落ちた時、頭も打ったのです。

Er rieb sich vor Wut und Schmerz den Kopf am Teppich.

彼は怒りと痛みで頭をカーペットにこすりつけた。

Der Manager im Nachbarzimmer hörte jedoch den Lärm.

しかし、隣の部屋の管理人がその騒音に気づきました。

„Da ist etwas hineingefallen", stellte er richtig fest.

「何かがそこに落ちた」と彼は正しく観察した。

Gregor versuchte, sich den Manager in seine Lage zu versetzen.

グレゴールは、マネージャーが自分の立場だったらどうなる
かを想像しようとした。

„Könnte ihm dasselbe passieren?", fragte er sich.

「彼にも同じことが起こるのだろうか？」と彼は思った。

Er akzeptierte, dass dieses seltsame Ereignis möglich sein könnte.

彼はこの奇妙な出来事が起こり得ることを認めた。

Und dann ging der Hauptsekretär ein paar Schritte in den Raum.

それから、事務長は部屋まで数歩歩いて行きました。

Es war fast schon eine plumpe Antwort auf seine Frage.

それは彼が尋ねた質問に対するほとんど粗雑な答えでした。

Seine Lederstiefel knarrten, als er sich der Tür näherte.

彼がドアに近づくと革のブーツがきしんだ。

Aus dem Zimmer zu seiner Rechten flüsterte ihm seine Magd zu.

右手の部屋からメイドが彼にささやいた。

„Gregor, der Bevollmächtigte, ist hier.“

「グレゴール、正式な代表者がここにいます。」

„Ich weiß“, sagte Gregor, aber nur leise zu sich selbst.

「わかっているよ」とグレゴールは心の中で静かに言った。

Er wagte es nicht, seine Stimme lauter als ein Flüstern zu erheben.

彼はささやき声以上の声を上げる勇気がなかった。

Weil Gregor nicht wollte, dass seine Schwester ihn hörte.

グレゴールは妹に聞かれたくなかったからです。

„Gregor“, sagte der Vater aus dem Zimmer links.

「グレゴール」と父親が左側の部屋から言った。

Der Manager ist gekommen, um nach dem Rechten zu sehen.

「マネージャーが何が問題なのか確認しに来ました。」

„Er fragte, warum du nicht den frühen Zug genommen hast.“

「彼はなぜ早い電車で出発しなかったのかと尋ねました。」

„Wir wissen nicht, was wir ihm sagen sollen“, sagte der Vater.

「息子に何と言えばいいのか分からない」と父親は語った。

„Übrigens möchte er auch persönlich mit Ihnen sprechen.“

「ところで、彼はあなたと個人的に話したいとも言っています。」

„Bitte öffnen Sie die Tür, damit er mit Ihnen sprechen kann.“

「彼があなたと話せるように、ドアを開けてください。」

„Er wird so freundlich sein, das Chaos im Zimmer zu entschuldigen.“

「彼は部屋の散らかりを許してくれるほど親切だ。」

"Guten Morgen, Herr Samsa", rief ihm der Manager zu.

「おはようございます、ザムザさん」とマネージャーが彼に
呼びかけた。
Und er sprach ganz gewiss in freundlicher Weise mit ihm.
そして彼は確かに彼に対して友好的に話しました。
„Es geht ihm nicht gut", sagte die Mutter zum Manager.
「彼は具合がよくありません」と母親はマネージャーに言っ
た。
„Es geht ihm überhaupt nicht gut, glauben Sie mir, lieber
Manager."
「彼は全然調子がよくありません、信じてください、親愛な
るマネージャー。」
"Warum sonst sollte Gregor den Morgenzug verpassen?"
「そうでなければ、なぜグレゴールは朝の電車に乗り遅れる
のでしょうか？」
„Der Junge hat nichts anderes im Kopf als das Geschäft."
「その少年は仕事のことしか考えていない。」
„Es ärgert mich fast, dass er nichts anderes tut."
「彼が他に何もしないことが私をほとんどイライラさせる。
」
„Ich wünschte, er würde abends an die frische Luft gehen."
「彼には夕方に新鮮な空気を吸いに外に出ていってほしい。
」
„Er war acht Tage geschäftlich in der Stadt."
「彼は仕事で8日間市内に滞在していた。」
„Aber er war ja jeden dieser Abende zu Hause."
「しかし、彼は毎晩家にいたのです」
„Er sitzt an unserem Tisch und liest die Zeitung."
「彼は私たちのテーブルに座って新聞を読みます。」
„Manchmal studiert er auch die Fahrpläne der Züge."
「他の時には、電車の時刻表を調べます。」

„Manchmal beschäftigt er sich mit Tischlerarbeiten.“

「時々彼は大工仕事をして忙しくしているんです。」

„Zum Beispiel schnitzte er einen kleinen Bilderrahmen aus Holz.“

「例えば、彼は小さな木製の額縁を彫りました。」

„An zwei oder drei Abenden war er mit der Säge beschäftigt.“

「二、三晩にわたって彼はのこぎりで忙しくしていた。」

„Sie werden staunen, wie hübsch der Bilderrahmen ist.“

「この額縁の美しさにきっと驚かれると思います。」

„Er hat den Bilderrahmen in seinem Zimmer aufgehängt.“

「彼は自分の部屋に額縁を掛けました。」

„Wenn er die Tür öffnet, werden Sie seine Holzarbeiten sehen.“

「彼がドアを開けると、木製の細工が見えるでしょう。」

„Übrigens freut es mich, dass Sie hier sind, Herr Prokurist.“

「ところで、プロクリストさん、あなたがここにいてくれて嬉しいです。」

„Wir allein hätten Gregor nicht dazu bringen können, die Tür zu öffnen.“

「私たちだけではグレゴールにドアを開けさせることはできなかったでしょう。」

„Er ist so stur“, gestand seine Mutter dem Angestellten.

「彼は本当に頑固なんです」と母親は店員に打ち明けた。

„Er ist ganz sicher krank, obwohl er das vorher bestritten hat.“

「彼は以前は否定していたが、確かに体調が悪い。」

„Ich komme gleich“, sagte Gregor langsam und bedächtig.

「すぐそこへ行くよ」グレゴールはゆっくりと慎重に言った。

Doch er machte keine Anstalten, sich der Tür des Zimmers zuzuwenden.

しかし彼は部屋のドアに向かって動かなかった。

Er wollte kein Wort des Gesprächs verpassen.

彼は会話の一言も聞き逃したくなかった。

Der Hauptsekretär stimmte der Einschätzung der Mutter zu.

主任事務員は母親の評価に同意した。

"Ich kann es Ihnen auch nicht anders erklären, Madam."

「私も他の方法では説明できません、奥様。」

„Hoffen wir alle, dass er keine schwere Krankheit hat", sagte er.

「彼が深刻な病気にかかっていないことを皆で願おう」と彼は言った。

„Andererseits stellt es eine Gefahr in unserer Branche dar."

「その一方で、それは私たちの業界にとって危険です。」

„Wir Geschäftsleute müssen oft Unannehmlichkeiten überwinden."

「私たちビジネスマンは、不快感を克服しなければならないことが多々あります。」

„Profis müssen leichte Schmerzen einfach aushalten."

「プロはちょっとした痛みも乗り越えるしかない。」

Währenddessen klopfte sein Vater erneut an die andere Tür.

その間に、父親は再び別のドアをノックした。

„Kann der Hauptsekretär jetzt hereinkommen?", wollte er wissen.

「主任事務員は今入って来られますか?」と彼は知りたがっていました。

"Nein, das kann er nicht", antwortete Gregor auf die Frage seines Vaters.

「いいえ、できません」とグレゴールは父親の質問に答えた。

Im Raum links von uns herrschte betretenes Schweigen.

左側の部屋に気まずい沈黙が訪れた。

Im Zimmer rechts begann die Schwester zu schluchzen.

右側の部屋では、妹が泣き始めました。

Warum war die Schwester nicht zu den anderen gegangen?

なぜ妹は他の人たちと一緒に行かなかったのでしょうか?

Sie war wahrscheinlich gerade erst aufgestanden, dachte er.

彼女はおそらくベッドから出たばかりだろう、と彼は思った。

Vielleicht hatte sie noch gar nicht angefangen, sich anzuziehen.

彼女はまだ着替えを始めていないかもしれない。

Gregor aber verstand nicht, warum sie weinte.

しかしグレゴールは彼女がなぜ泣いているのか理解できませんでした。

Lag es daran, dass er nicht aufgestanden war und den Manager hereingelassen hatte?

彼が立ち上がってマネージャーを中に入れなかったからでしょうか?

Lag es daran, dass er Gefahr lief, seinen Job zu verlieren?

職を失う危険があったからでしょうか?

Könnte der Chef wie früher gegen die Eltern vorgehen?

ボスは以前のように親を狙うのでしょうか?

Würde er seine alten Forderungen an sie wiederholen?

彼はまた彼らに昔の要求をするつもりだったのだろうか?

Diese Dinge waren wahrscheinlich unnötig.

こういったことはおそらく心配する必要はなかったでしょう。

Im Moment hatte sie keinen Grund zu weinen.

今のところ彼女には泣く理由がなかった。

Gregor war noch da und sorgte für seine Familie.

グレゴールはまだここにいて、家族を養っていました。

Und er hatte nie die Absicht, die Familie zu verlassen.

そして彼は家族を離れるつもりなど一度もなかった。

Im Moment lag er einfach nur da auf dem Teppich.

とりあえず彼はカーペットの上に横たわったままでした。

Die Familie wusste nichts von seinem Zustand.

家族は彼の容態を知らなかった。

Hätten sie das gewusst, hätten sie seinen Chef nicht ermutigt.

知っていたら、彼らは上司を励まさなかっただろう。

Sie hätten nicht einmal den Manager ins Haus gelassen.

彼らは管理人を家に入れることさえしなかったでしょう。

Ihn abzuweisen wäre nicht besonders unhöflich gewesen.

彼を拒否することは特に失礼なことではなかっただろう。

Er hätte später problemlos eine passende Ausrede finden können.

彼は後から簡単に適当な言い訳を見つけることができたはずだ。

Dafür hätte er nicht entlassen werden können.

そんなことのために彼は解雇されるはずがなかった。

Gregor war der Ansicht, dass es jetzt vernünftiger wäre, allein gelassen zu werden.

グレゴールは今は一人でいるほうが賢明だと感じた。

Ihn durch Weinen und Reden zu stören, brachte wenig.

泣いたり話したりして彼を邪魔してもほとんど効果はなかった。

Doch die anderen beunruhigte die Ungewissheit.

しかし、他の人々を悩ませていたのは、その不確実性だった。

Und genau diese Unsicherheit entschuldigte ihr Verhalten.

そして、この不確実性が彼らの行動を正当化したのです。

„Herr Samsa!", rief der Manager mit erhobener Stimme.

「サムサさん」マネージャーは声を上げて呼びかけた。

„Was ist los mit dir?", wollte er wissen.

「どうしたんだい？」彼は知りたがった。

„Du hast dich in deinem Zimmer verbarrikadiert."

「あなたは自分の部屋に閉じこもっていますね。」

„Sie antworten nur mit ‚Ja' oder ‚Nein'."

「『はい』か『いいえ』のどちらかでしか答えられません。」

„Du bereitest deinen Eltern große Sorgen."

「あなたは両親に大変な心配をかけています。」

„Ich sehe keinen guten Grund, warum Sie sie beunruhigen sollten."

「なぜ彼らを心配させるのか、よく分からない。」

„Es gibt da noch eine Sache, die ich nebenbei erwähnen möchte."

「ついでにもう一つ触れておきたいことがあります。」

„Sie vernachlässigen auch Ihre geschäftlichen Pflichten uns gegenüber."

「あなたは私たちに対する業務上の義務も怠っています。」

„Eine solche Verantwortungslosigkeit entspricht so gar nicht Ihrem Charakter."

「そんな無責任な態度は、あなたの性格とは全く違いますよ。」

„Ich spreche hier im Namen Ihrer Eltern und Ihres Chefs."

「私はあなたの両親とあなたの上司に代わってここで話します。」

„Und ich bitte Sie um eine sofortige und klare Erklärung."

「そして私はあなたに即時かつ明確な説明を求めます。」

„Das Ganze erstaunt mich wirklich, das muss ich sagen."

「この出来事には本当に驚かされます」と言わざるを得ません。

„Ich dachte, ich kenne dich als ruhigen und vernünftigen Menschen."

「私はあなたを冷静で理性的な人だと思っていたのですが。」

„Aber jetzt zeigst du uns eine andere Seite von dir."

「でも今は、あなたの違った一面を見せてくれていますね。」

„Plötzlich zeigst du deine ganz eigenen Launen."

「突然、とても奇妙な気まぐれを見せたね。」

„Aber es könnte eine Erklärung für Ihr Scheitern geben."

「しかし、あなたの失敗には説明があるかもしれません。」

„Der Chef erwähnte eine Forderung, die Sie für uns eingetrieben hatten."

「上司はあなたが私たちのために回収した借金について話していました。」

"Ich habe dem Chef in Ihrem Namen mein Ehrenwort gegeben."

「私はあなたに代わって上司に名誉の誓いを伝えました。」

„Aber jetzt sehe ich deine unverständliche Sturheit."

「しかし今、私はあなたの理解できない頑固さを知りました。」

"Vielleicht verliere ich auch noch jegliche Lust, dir überhaupt zu helfen."

「あなたを助けたいという気持ちが、まだ完全に失われてしまうかもしれません。」

„Ihre Arbeitsplatzsicherheit ist keineswegs völlig stabil."

「あなたの雇用保障は決して完全に安定しているわけではありません。」

„Eigentlich wollte ich euch das alles unter vier Augen erzählen."

「私はもともとこれをあなたに個人的に話すつもりでした。」

„Aber jetzt sehe ich, dass Sie wollen, dass ich hier meine Zeit verschwende."

「でも、ここで私の時間を無駄にさせたいのだと分かりました。」

„Ich sehe also keinen Grund, warum deine Eltern das nicht wissen sollten."

「だから、あなたの両親が知らない理由はないと思いますよ。」

„Ihre Leistungen in letzter Zeit waren nicht zufriedenstellend."

「あなたの最近のパフォーマンスは満足できるものではありません。」

„Ich räume ein, dass die Verkäufe zu dieser Jahreszeit langsamer laufen."

「確かにこの時期は売り上げが落ちます。」

„Aber es gibt keine Jahreszeit, in der es keine Verkäufe gibt."

「しかし、一年中、セールのない時期などありません。」

Für einen Moment vergaß Gregor alles um sich herum.

一瞬、グレゴールは周囲のすべてを忘れた。

„Aber Herr Prokurist!", rief Gregor verzweifelt aus.

「しかしプロクーリストさん」グレゴールは絶望して叫んだ。

"Ich öffne die Tür sofort, jetzt gleich, keine Sorge."

「今すぐドアを開けるから、心配しないで。」

„Das Problem ist, dass ich mich ziemlich unwohl fühle."

「問題は、かなり体調が悪かったことです。」

„Mir war schwindelig, deshalb konnte ich die Tür nicht erreichen."

「めまいのせいでドアまで行けなかった。」

„Ich liege zwar noch im Bett, aber es geht mir schon viel besser.“

「まだベッドに横たわっていますが、気分はずっと良くなりました。」

"Einen Moment bitte, ich stehe gerade erst auf."

「ちょっと待ってください。今ベッドから出たところです。」

"Einen Moment Geduld, Herr Prokurist, ist alles, worum ich bitte."

「少しの間だけお待ちください、プロクリストさん」

„Es läuft nicht so gut, wie ich dachte, aber ich werde es schon schaffen.“

「思ったよりはうまくいかないけど、大丈夫だよ。」

"Wie kann so etwas einem Menschen so schnell passieren?"

「どうしてこんなに急にそんな事が起きるんだろう？」

„Mir ging es gestern Abend gut, das wissen meine Eltern.“

「昨夜は気分がよかったんです。両親もそれを知っています。」

„Aber vielleicht hatte ich damals schon eine kleine Vorahnung.“

「でも、その時すでに少し予感はしていたのかもしれない。」

„Man könnte sich fragen, warum ich es nicht im Büro gemeldet habe.“

「なぜ職場に報告しなかったのかと疑問に思うかもしれません」

„Ich dachte, ich würde mich morgen früh wieder viel besser fühlen.“

「朝になったらまた気分が良くなるだろうと思った。」

„Man denkt immer, dass sie die Krankheit bis dahin besiegt haben werden."

「その時までに病気を克服できるだろうといつも思うのです。」

„Aber bitte! Verschonen Sie meine Eltern vor diesen Anschuldigungen!"

「でも、お願いです！私の両親をこんな非難から遠ざけてください！」

„Mir wurde kein Wort von dem erzählt, was Sie mir erzählt haben."

「あなたから言われたことは、一言も聞いていません。」

„Sie haben möglicherweise die letzten von mir versandten Befehle nicht gelesen."

「私が最後に出した命令を読んでいないかもしれません。」

„Übrigens, du brauchst dir heute keine Sorgen um mich zu machen."

「ところで、今日は私のことは心配しなくていいよ。」

„Ich werde trotzdem den Zug um acht Uhr nehmen."

「私はやはり8時の電車に乗るつもりです。」

„Die wenigen Stunden Ruhe haben mich ausreichend gestärkt."

「数時間の休息で十分に元気になりました。」

"Sie müssen wirklich nicht warten, Manager."

「店長、待つ必要は全くありませんよ」

„Auch ich werde schon bald im Büro sein."

「私ももうすぐオフィスに行きますよ。」

"Und bitte seien Sie so freundlich, ein gutes Wort für mich einzulegen."

「そして、どうか私のために良い言葉をかけてあげてください。」

Gregor hatte seine Erklärung recht hastig vorgetragen.
グレゴールは急いで説明を述べた。

Er wusste selbst kaum, was er eigentlich sagen wollte.

彼は自分が本当に何を言おうとしているのかほとんど分かっていなかった。

Er ging zu der Kiste und versuchte, sich daran hochzuziehen.

彼は箱のところに行き、それを使って立ち上がろうとしました。

Er hatte wirklich die feste Absicht, die Tür zu öffnen.

彼は本当にドアを開けるつもりだった。

Er wollte vom Bevollmächtigten empfangen werden.

彼は正式な代表者に会ってほしいと考えていた。

Und er wollte das Problem persönlich mit ihm lösen.

そして彼は個人的に彼と一緒に問題を解決したいと考えていました。

Er war gespannt darauf, wie die anderen auf ihn reagieren würden.

彼は他の人たちが自分に対してどう反応するか知りたがっていた。

Sie sind bestimmt inzwischen auch gespannt darauf, wie es ihm geht.

彼らも今頃は彼の様子を知りたがっているに違いない。

Es gab zwei mögliche Arten, wie sie auf ihn reagieren konnten.

彼らが彼に対して反応する方法は2つ考えられました。

Eine Möglichkeit war, dass sie Angst bekommen würden.

一つの可能性としては、彼らは怖がるだろうということだ。

Wenn sie Angst hatten, dann trug er keine Verantwortung.

もし彼らが怖がっていたのなら、彼には責任はない。

Und dann müsste er sich keine Sorgen mehr um die Situation machen.

そうすれば、彼はその状況について心配する必要がなくなる
でしょう。

**Es gab aber auch noch eine andere Möglichkeit, die man in
Betracht ziehen musste.**

しかし、考えるべき別の可能性もありました。

**Vielleicht würden sie ihn so, wie er war, einfach
hinnehmen.**

もしかしたら彼らは彼のありのままを冷静に受け入れるかも
しれない。

Dann hätte auch Gregor keinen Grund, sich aufzuregen.

そうすれば、グレゴールも怒る理由がなくなるでしょう。

Es bliebe noch genügend Zeit, den Zug zu erreichen.

電車に乗るにはまだ十分な時間があるだろう。

Das Aufrechtstehen war jedoch alles andere als einfach.

しかし、直立することは決して簡単なことではありませんで
した。

Bei seinen ersten Versuchen rutschte er von der Kiste ab.

最初の数回の試みで、彼は箱から滑り落ちてしまいました。

**Die Kiste war zu glatt, als dass er sich dagegen stemmen
konnte.**

その箱はあまりにも滑らかだったので、彼はそれに耐えるこ
とができなかった。

**Und schließlich gab er sich noch einen letzten Anstoß, um
aufzustehen.**

そしてついに彼は立ち上がるために最後の力を振り絞った。

**Er schenkte den Schmerzen in seinem Bauch keine
Beachtung mehr.**

彼は腹部の痛みにもう注意を払わなかった。

**Egal wie groß der Schmerz sein würde, er würde es
durchstehen.**

どれだけの痛みでも、彼はそれを乗り越えるだろう。

Er ließ sich gegen die Lehne eines nahegelegenen Stuhls
fallen.

彼は近くの椅子の背もたれに倒れ込んだ。

Und er hielt sich mit seinen kleinen Beinchen am Rand fest.

そして彼は小さな足で端につかまりました。

Zu diesem Zeitpunkt hatte er sich besser im Griff.

彼はこの時点で自分自身をよりコントロールできるようにな

った。

Und sein Fall war stiller als der vorherige.

そして彼の転落は前回よりも静かになった。

Weil er dem Manager zuhören musste.

なぜなら彼はマネージャーの言うことを聞かなければならな

かったからです。

„Habt ihr irgendetwas davon verstanden?", fragte er die
Eltern.

「あなたたちはそれを少しでも理解しましたか？」と彼は両

親に尋ねた。

"Er würde uns doch nicht zum Narren halten, oder?"

「彼は私たちを馬鹿にしたりしないでしょうね？」

„Um Gottes Willen!", rief die Mutter und weinte bereits.

「お願いだから」母親はすでに泣きながら叫んだ。

„Er könnte schwer krank sein und wir quälen ihn."

「彼は重病かもしれない、そして私たちは彼を苦しめている

。」

"Grete! Grete!", schrie sie ihrer Tochter zu.

「グレーテ！グレーテ！」彼女は娘に向かって叫びました。

„Mutter?", rief die Schwester von der anderen Seite.

「お母さん？」と反対側から妹が呼びかけた。

Dann kommunizierten sie durch Gregors Zimmer.

それから彼らはグレゴールの部屋を通して連絡を取り合った。

„Gregor ist sehr krank und braucht Medikamente.“

「グレゴールは重病なので薬が必要です。」

„Sie müssen sofort zum Arzt gehen.“

「すぐに医者に行かなければなりません。」

Hast du gehört, wie Gregor eben gesprochen hat?

「グレゴールが今話した内容を聞いたか？」

„Das war die Stimme eines Tieres“, sagte der Manager.

「あれは動物の声だった」とマネージャーは言った。

Seine Worte waren leise im Vergleich zu den Schreien der Mutter.

彼の言葉は母親の叫び声に比べれば静かだった。

"Anna! Anna!", rief der Vater durch das Vorzimmer.

「アンナ！アンナ！」父親は控え室から呼びかけた。

Und er klatschte in die Hände, um ihre Aufmerksamkeit zu erregen.

そして彼は彼らの注意を引くために手を叩きました。

"Holt sofort einen Schlüsseldienst!", befahl er dem Dienstmädchen.

「すぐに鍵屋を呼んで来い！」彼はメイドに命じた。

Die Mädchen rannten in ihren Röcken durch das Vorzimmer.

少女たちはスカートをはいたまま、控え室を走り抜けた。

Und ihre Röcke raschelten, als sie an seinem Zimmer vorbeiliefen.

そして、彼女たちが彼の部屋の前を走り抜けると、スカートがカサカサと音を立てた。

„Wie konnte sich die Schwester so schnell anziehen?“, dachte er.

「妹はどうやってそんなに早く服を着たのだろう？」と彼は
思った。
Die Tür war aufgerissen, aber nicht zugeschlagen.
ドアは引き裂かれて開いたが、バタンと閉められていなかっ
た。
**Dies kommt häufig in Haushalten vor, in denen ein großes
Unglück geschieht.**
これは大きな不幸が起こった家庭ではよくあることです。
All das hatte Gregor jedoch deutlich ruhiger gemacht.
しかし、このすべてのことでグレゴールはずっと穏やかにな
った。
Als er seine eigenen Worte hörte, erschienen sie ihm klar.
彼は自分の言葉を聞いて、それが自分には明確に思えた。
**Tatsächlich war er der Ansicht, seine Worte seien eigentlich
klarer gewesen.**
実際のところ、彼は自分の言葉がより明確になったと感じた
。
Die anderen aber verstanden nicht mehr, was er sagte.
しかし、他の人たちは彼が何を言っているのかもう理解でき
ませんでした。
Vielleicht hatte er sich inzwischen an seine Ohren gewöhnt.
おそらく彼はもう自分の耳に慣れてしまっていたのだろう。
Aber zumindest verstanden sie seine Situation jetzt besser.
しかし、少なくとも彼らは彼の状況をよりよく理解するよう
になりました。
Sie erkannten, dass mit ihm tatsächlich etwas nicht stimmte.
彼らは本当に彼に何か問題があることに気づいた。
Und sie taten nun alles, was sie konnten, um ihm zu helfen.
そして彼らは今、彼を助けるために全力を尽くしていました
。

Dies gab Gregor ein Gefühl des Selbstvertrauens, das ihm gefehlt hatte.

これにより、グレゴールは自分が失っていた自信を取り戻した。

Und er fühlte sich in der Familie wieder viel sicherer.

そして彼は、家族の中で再びずっと安心感を覚えるようになりました。

Er hatte das Gefühl, wieder in den menschlichen Kreis aufgenommen zu sein.

彼は再び人間の輪の中に加わったと感じた。

Nun musste er hoffen, dass der Schlüsseldienst die Tür öffnen konnte.

今、彼は鍵屋がドアを開けてくれることを願うしかありませんでした。

Und er hoffte, der Arzt könne solche Aufgaben ausführen.

そして彼は、医師がそのような仕事を行えることを望んだ。

Er würde bald wieder mehr reden müssen.

彼はすぐにまたもっと話をしなければならなくなるだろう。

Seine Stimme musste so klar wie möglich sein.

彼の声はできる限り明瞭でなければならなかった。

Zur Vorbereitung auf das Treffen räusperte er sich.

会議の準備のために彼は咳払いをした。

Er bemühte sich jedoch, nur sehr leise zu husten.

しかし、彼は極力静かに咳をするように努めた。

Das Geräusch klang möglicherweise anders als ein menschlicher Husten.

その音は人間の咳とは違って聞こえたかもしれない。

Er wusste, dass er solche Dinge nicht mehr unterscheiden konnte.

彼はもはやそのようなものを区別することはできないと知っていた。

Im Nebenzimmer war es vollkommen still geworden.

隣の部屋はすっかり静かになっていました。

Die Eltern saßen wahrscheinlich am Tisch.

おそらく両親もテーブルに座っていたのでしょう。

Möglicherweise flüsterten sie mit dem Manager.

マネージャーとひそひそ話をしていたのかもしれません。

Vielleicht lehnten alle an der Tür und lauschten.

たぶんみんなドアに寄りかかって聞いていたのでしょう。

Gregor schob den Stuhl langsam in Richtung Tür.

グレゴールはゆっくりと椅子をドアの方へ押した。

Er stemmte sich gegen die Tür und hielt sich aufrecht.

彼はドアを押して、体をまっすぐに保った。

Er stellte fest, dass sich an seinen Fußsohlen ein wenig Klebstoff befand.

彼は足の裏に少し接着剤が付いていることを知りました。

Und er ruhte sich dort einen Moment lang von der Anstrengung aus.

そして彼はそこで少しの間、労苦から休んだ。

Nachdem er sich ausreichend ausgeruht hatte, begann er mit der nächsten Aufgabe.

十分に休んだ後、彼は次の仕事に取り掛かりました。

Er begann, den Schlüssel mit dem Mund im Schloss zu drehen.

彼は口で鍵を回そうとした。

Leider schien er gar keine Zähne zu haben.

残念ながら、彼には実際の歯がなかったようです。

Aber welche andere Möglichkeit hätte er gehabt, an die Schlüssel zu gelangen?

しかし、他に鍵を手に入れる手段はあったのでしょうか?

Zum Glück für ihn waren seine Kiefer natürlich sehr kräftig.

幸いなことに、彼の顎は当然ながら非常に強かった。

Mit Hilfe seiner Kiefermuskeln brachte er den Schlüssel tatsächlich in Bewegung.

彼は顎の力を借りて、本当に鍵を動かした。

Er hatte keinen Zweifel daran, dass er sich damit auch selbst schadete.

彼は自分自身にも危害を加えていることに何の疑いも持っていなかった。

Weil eine braune Flüssigkeit aus seinem Mund kam.

茶色い液体が口から出ていたからです。

Die braune Flüssigkeit ergoss sich über den Schlüssel und die Tür hinunter.

茶色の液体が鍵を越えてドアの下へ流れ落ちました。

Aber Gregor kümmerte es nicht, dass er sich selbst schadete.

しかし、グレゴールは自分が傷ついていることを気にしませんでした。

„Können Sie das hören?", fragte der Manager im Nebenraum.

「聞こえますか？」と隣の部屋のマネージャーが言った。

„Er dreht den Schlüssel um", hatte der Manager bemerkt.

「彼は鍵を回している」とマネージャーは気づいた。

Diese Worte waren eine große Ermutigung für Gregor.

この言葉はグレゴールにとって大きな励みとなった。

Aber auch Vater und Mutter hätten rufen sollen:

しかし、父親と母親もこう叫ぶべきでした。

„Gut gemacht, Gregor!", hätten sie ihm zurufen sollen.

「よかった、グレゴール」彼らは彼に向かって叫ぶべきだった。

„Immer weiter, immer weiter am Schlüssel drehen, du schaffst das."

「そのまま進み続けて、鍵を回し続けてください。あなたならできます。」

Stattdessen musste Gregor sich ihre Begeisterung vorstellen.

しかし、グレゴールは彼らの興奮を想像しなければなりませんでした。

Er presste die Zähne zusammen mit aller Kraft, die er hatte.

彼は全力で歯を食いしばった。

Und er drehte den Schlüssel weiter im Schloss.

そして彼は鍵を錠前の中で回し続けました。

Sein Körper wand sich schmerzhaft im Kreis.

彼の体は痛々しく円を描いてねじれた。

Er konnte sich nur noch mit dem Mund aufrecht halten.

彼は今、口だけで体を支えていた。

Um den Schlüssel weiterzudrehen, drückte er gegen die Tür.

彼は鍵を回し続けるためにドアに押し付けた。

Schließlich weckte das Knacken des Schlosses Gregor wieder auf.

ついに鍵がカチッと鳴ってグレゴールは再び目を覚ましました。

„Ich brauchte also keinen Schlüsseldienst", seufzte er erleichtert.

「だから鍵屋は必要なかったんだ」彼は安堵のため息をついた。

Jetzt musste er nur noch die Tür öffnen, die er aufgeschlossen hatte.

今、彼は鍵を開けたドアを開けるだけでよかった。

Und mit dem Kopf auf dem Türgriff öffnete er die Tür.

そして彼は頭をドアの取っ手に乗せてドアを開けた。

Er befand sich hinter der Tür, die in sein Zimmer führte.

彼は自分の部屋に通じるドアの後ろにいた。

Die Tür war also schon offen, bevor man ihn sehen konnte.

つまり、彼が姿を見る前にドアはすでに開いていたのです。

Als Nächstes musste er sich um die Tür herummanövrieren.

次に彼はドアの周りを回らなければなりませんでした。

Diese schwierige Bewegung erforderte auch viel Mühe.

この難しい動きにもかなりの労力がかかりました。

Er wollte nicht ungeschickt in den nächsten Raum fallen.

彼は不器用に隣の部屋に落ちたくなかった。

So hatte er keine Zeit, sich auf irgendetwas anderes zu konzentrieren.

そのため、彼は他のことに注意を払う時間がなかった。

Doch dann hörte er den Hauptsekretär laut „Oh!" ausrufen.

しかしその時、彼は主任事務員が大きな声で「ああ！」と言うのを聞きました。

Es klang, als würde der Wind durchs Haus rauschen.

まるで風が家の中を吹き抜けていくような音がした。

Er war zufällig derjenige, der der Tür am nächsten stand.

彼はたまたまドアに一番近かったのです。

Und als er ihn nun sah, presste er die Hand an den Mund.

そして今、彼を見ると、彼は口に手を当てた。

Langsam bewegte er sich rückwärts, weg von Gregor.

彼はゆっくりと後ずさりして、グレゴールから離れていった。

Aber es war, als ob eine unsichtbare Kraft auf ihn einwirkte.

しかし、まるで目に見えない力が彼に作用しているかのようでした。

Das Erste, was die Mutter tat, war, den Vater anzusehen.

母親が最初にしたのは父親を見ることでした。

Trotz der Anwesenheit des Managers war ihr Haar zerzaust.

マネージャーがいたにもかかわらず、彼女の髪は乱れていた。

Sie verschränkte die Arme und machte zwei Schritte nach vorn.

彼女は腕を広げて二歩前進した。

Doch dann brach sie mitten in ihrem Rock zusammen.

しかし、彼女はスカートの真ん中に倒れ込んでしまいました
。

Ihr Kleid breitete sich um sie herum auf dem Boden aus.
彼女のドレスは床の上で彼女の周りに広がった。

Und ihr Kopf verschwand auf ihren eigenen Brüsten.
そして彼女の頭は彼女自身の胸の上に消えた。

Der Vater ballte mit feindseligem Gesichtsausdruck die Faust.
父親は敵意に満ちた表情で拳を握りしめた。

Er schien Gregor zurück in sein Zimmer drängen zu wollen.
彼はグレゴールを自分の部屋に押し戻して欲しいと思ってい
るようだった。

Dann blickte er unsicher im Wohnzimmer umher.
それから彼は不安そうにリビングルームを見回した。

Und schließlich bedeckte er seine Augen mit den Händen.
そしてついに彼は両手で目を覆った。

Und er weinte bitterlich, bis seine mächtige Brust erbebte.
そして彼は胸が震えるほど激しく泣いた。

Gregor betrat ihr Zimmer tatsächlich gar nicht.
グレゴールは実際には彼らの部屋には全く入っていませんで
した。

Stattdessen lehnte er sich an den Türrahmen.
その代わりに彼はドアの枠に身を預けた。

Von außen war nur die Hälfte seines Körpers sichtbar.
外から見えるのは彼の体の半分だけだった。

Und auf seinem Körper befand sich sein Kopf, zur Seite geneigt.
そして彼の体の上には、横に傾いた頭がありました。

Das Licht war inzwischen viel heller geworden als zuvor.
この時までに、光は前よりもずっと明るくなっていました。

Man konnte nun deutlich die andere Straßenseite sehen.

今では通りの反対側がはっきりと見えるようになりました。

Ein Teil des endlosen, grauen Krankenhauses gab sich zu erkennen.

果てしなく続く灰色の病院の一部が姿を現した。

Der Morgenregen hatte noch nicht ganz aufgehört.

朝の雨はまだ完全には止んでいなかった。

Doch nun waren die Regentropfen größer und weiter voneinander entfernt.

しかし、今では雨粒は大きくなり、間隔も広くなっていました。

Das Frühstücksbuffet war in Hülle und Fülle vorhanden.

朝食の料理がテーブルの上にたくさん並んでいました。

Der Vater hielt das Frühstück für die wichtigste Mahlzeit.

父親は朝食が最も重要な食事だと考えていた。

Das Frühstück war eine Mahlzeit, die er stundenlang in die Länge zog.

朝食は彼が何時間もかけて食べた食事だった。

Und in diesen Stunden las er die verschiedenen Zeitungen.

そして、この時間を利用して彼は様々な新聞を読みました。

Direkt gegenüber hing ein Foto von Gregor.

ちょうど反対側の壁にはグレゴールの写真が掛かっていた。

Das Foto an der Wand zeigte ihn als Leutnant.

壁にかかっている写真には彼が中尉の姿が写っていた。

Es war ein Foto aus seiner Zeit beim Militär.

それは彼が軍隊にいたころの写真でした。

Seine Hand ruhte auf seinem Schwert, und er hatte ein unbeschwertes Lächeln im Gesicht.

彼は剣に手を置いて、屈託のない笑みを浮かべていた。

Seine Haltung und seine Uniform flößten einen gewissen Respekt ein.

彼の姿勢と制服はある種の尊敬を必要とした。

Die andere Tür, die zum Vorzimmer führte, war ebenfalls offen.

控え室に通じるもう一つのドアも開いていた。

Und die Tür zur Wohnung war auch noch offen.

そしてアパートのドアもまだ開いたままでした。

Man konnte bis zum Vorhof des Wohnhauses sehen.

アパートの前庭までずっと見渡すことができました。

Und dann führte die Treppe hinunter auf die Straße.

そして階段は下の道路へと続いていました。

Gregor war der Einzige, der die Fassung bewahrt hatte.

平静を保っていたのはグレゴールだけだった。

Er hat das gesehen, daher lag die Verantwortung für das Gespräch bei ihm.

彼はこれを見たので、会話は彼の責任になりました。

"So, ich werde mich jetzt für die Arbeit anziehen", sagte er.

「さて、これから仕事に行くために着替えてきます」と彼は言った。

„Sobald ich die Textilmuster verpackt habe, werde ich abreisen.“

「織物のサンプルを梱包したら出発します。」

"Beabsichtigen Sie immer noch, mich zu entlassen, Herr Prokurist?"

「あなたはまだ私を解雇するつもりですか、プロクリストさん？」

„Wie Sie sehen, bin ich nicht so stur, wie Sie dachten.“

「ご覧の通り、私はあなたが思っているほど頑固ではありません。」

„Und Sie können sehen, dass ich doch gerne arbeite.“

「結局のところ、私は働くのが好きなのが分かると思います。」

„Ich kann zugeben, dass Reisen aus beruflichen Gründen nicht einfach ist."

「仕事で旅行するのは簡単ではないことは認めます。」

„Aber ich kann auch akzeptieren, dass es Teil meines Jobs ist."

「しかし、それが私の仕事の一部であることも受け入れることができます。」

"Manager, wo gehen Sie hin? Zurück ins Büro?"

「店長、どこへ行くんですか？オフィスに戻るんですか？」

„Werden Sie alles, was Sie gesehen haben, wahrheitsgemäß berichten?"

「あなたが見たことをすべて正直に報告しますか？」

„Manchmal kommt es vor, dass man nicht zur Arbeit gehen kann."

「仕事に行けなくなることも時々あります。」

„Das ist der richtige Zeitpunkt, um sich an vergangene Erfolge zu erinnern."

「過去の功績を思い出すには今が最適な時期です。」

„Nachdem die Schwierigkeit beseitigt wurde, funktioniert es sogar noch besser."

「困難を取り除いた後、人はさらにうまく働きます。」

„Mein Fleiß und meine Konzentration werden zunehmen."

「私の勤勉さと集中力は、さらに高まります。」

"Sie wissen ganz genau, dass ich dem Chef etwas schulde."

「私がボスに恩義があることは、あなたもよくご存知でしょう。」

„Aber ich mache mir auch Sorgen um meine Eltern und meine Schwester."

「でも、両親と妹のことも心配です。」

„Ich stecke in einer schwierigen Lage, aber ich werde einen Weg finden, da wieder herauszukommen."

「私は窮地に陥っていますが、何とかしてそこから抜け出します。」

„Macht es nicht noch schwieriger, als es ohnehin schon ist."

「これ以上困難にしないでください。」

„Als Kollegen müssen wir uns auch gegenseitig helfen."

「私たちも同僚として助け合わなければなりません。」

„Ich weiß, dass die Büroangestellten die Reisenden nicht mögen."

「オフィスワーカーが旅行者を嫌っているのはわかっています。」

„Ihr glaubt, wir verdienen ein Vermögen und führen ein gutes Leben."

「私たちは大金を稼いで良い暮らしをしていると思っているのですね。」

„Sie haben keinen wirklichen Grund, ihre Vorurteile zu hinterfragen."

「彼らには偏見を考慮する本当の理由がない。」

„Sie als befugter Beamter haben jedoch eine andere Rolle."

「しかし、権限のある役員であるあなたには別の役割があるのです。」

„Sie haben einen besseren Überblick als die anderen Mitarbeiter."

「あなたは他のスタッフよりも全体像を把握していますね。」

„Tatsächlich glaube ich, dass Sie den besten Überblick haben."

「実際、あなたが最も良い概要を把握しているのではないかと思います。」

„Sie haben einen besseren Überblick als der Chef selbst."

「あなたは上司自身よりも優れた概要を把握しています。」

„Ich gebe zu, dass der Chef die unternehmerische Arbeit leistet."

「確かに、上司は起業家としての仕事をしていると思います。」

„Aber es ist leicht, dass seine Urteile in die Irre geführt werden."

「しかし、彼の判断は誤解されやすいのです。」

„Und diese kleinen Fehleinschätzungen können uns zum Nachteil gereichen."

「そして、こうした小さな誤判断が私たちに損害を与える可能性があるのです。」

„Sie wissen ja, wie leicht es ist, über den Reisenden zu sprechen."

「旅行者について話すのがいかに簡単かご存じでしょう。」

„Er ist nicht da, um seinen Ruf vor Gerüchten zu verteidigen."

「彼は噂から自分の評判を守るためにそこにいるわけではない。」

„Diese Anschuldigungen können leicht nur Zufälle sein."

「これらの非難は単なる偶然である可能性も十分にあります。」

„Viele Beschwerden beruhen nicht einmal auf irgendeiner Wahrheit."

「多くの苦情は、何の真実にも基づいていません。」

„Er ist fast das ganze Jahr über nicht im Büro."

「彼はほぼ一年中オフィスを離れています。」

Welche Chance hat er, seinen Ruf zu verteidigen?

「彼に自分の名誉を守るチャンスはあるのか？」

„Er erfährt gar nichts von den Anschuldigungen."

「彼は告発について聞くことすらできない。」

„Er erfährt erst, was gesagt wurde, wenn es zu spät ist."

「彼は、何が言われたのかを手遅れになってから知るのです
。」

„Zu diesem Zeitpunkt ist er von der Tagesreise völlig
erschöpft."

「その頃には、彼はその日の旅で疲れ切っている。」

„Er muss die schrecklichen Konsequenzen trotzdem am
eigenen Leib erfahren."

「いずれにせよ、彼は恐ろしい結末を経験しなければならな
い。」

„Auch wenn er keine Möglichkeit hat, das Problem zu
verstehen."

「彼は問題を理解するすべがないのに。」

"Oh Manager, gehen Sie nicht, ohne mir ein Wort zu sagen."

「ああ、店長、私に何も言わずに帰らないでください。」

„Sag mir wenigstens, dass du mir teilweise zustimmst."

「少なくとも部分的には私の意見に同意すると言ってくださ
い。」

Der Manager hatte sich aber schon viel früher von Gregor
abgewandt.

しかし、マネージャーはずっと以前にグレゴールから離れて
いました。

Seine Schulter zuckte, als er Gregor anblickte.

グレゴールを振り返ると、彼の肩がピクッと動いた。

Und er blieb während der gesamten Rede kein einziges Mal
stehen.

そして彼は演説中、一度も立ち止まりませんでした。

Er hatte Gregor mit zusammengepressten Lippen angesehen.

彼は唇をすぼめてグレゴールを見つめ返していた。

Er hatte sich allmählich in Richtung Tür zurückgezogen.

彼はドアの方へ徐々に後退していた。

Aber auch er konnte den Blick nicht von Gregor abwenden.

しかし彼もグレゴールから目を離すことができなかった。

Er hatte das Gefühl, es gäbe ein geheimes Verbot, den Raum zu verlassen.

部屋から出ることは秘密に禁止されているような気がした。

Zu diesem Zeitpunkt befand er sich aber bereits in der Eingangshalle.

しかし、この段階で彼はすでに玄関ホールにいた。

Und nun machte er eine plötzliche Bewegung in Richtung Ausgang.

そして今、彼は突然出口に向かって動き出した。

Er streckte seine rechte Hand in Richtung der Treppe aus.

彼は右手を階段の方へ伸ばした。

Vielleicht wartete eine übernatürliche Macht darauf, ihn zu retten.

もしかしたら、超自然的な力が彼を救うために待っていたのかもしれない。

Gregor wusste, dass er ihn so nicht gehen lassen konnte.

グレゴールは、彼をこんな風に去らせるわけにはいかないと分かっていた。

Der Manager darf nicht in der Stimmung zurückkehren, in der er sich befand.

マネージャーは、あの時の気分で帰ってはいけない。

Gregors Arbeitsplatz war stark gefährdet.

グレゴールの仕事の安全は非常に危険にさらされていた。

Die Eltern konnten das alles nicht vollständig verstehen.

両親はこれらすべてを完全に理解することはできませんでした。

Über die Jahre hatten sie sich an seine Arbeitsplatzsicherheit gewöhnt.

何年もかけて彼らは彼の仕事の安定性に慣れていった。

Und sie waren davon überzeugt, dass er den Job auf Lebenszeit hatte.

そして彼らは、彼が終身その職に就くだろうと確信するように
なった。

Stattdessen hatten sie sich mit anderen Sorgen beschäftigt.

その代わりに、彼らは他の心配事で忙しくなっていました。

**Doch diese Bedenken führten dazu, dass sie jegliche
Weitsicht verloren.**

しかし、こうした懸念のせいで彼らは先見の明を失ってしま
いました。

Gregor hatte jedoch die elterliche Weitsicht nicht verloren.

しかしながら、グレゴールは親の先見の明を失っていなかっ
た。

Jemand musste den Bevollmächtigten stoppen.

誰かが正式な代表者を止めなければなりませんでした。

Er musste ihn beruhigen und überzeugen.

彼を落ち着かせ、説得しなければならなかった。

Davon hing die Zukunft von Gregor und seiner Familie ab!

グレゴールと彼の家族の将来はそれにかかっていました！

**Wenn doch nur die kluge Schwester da gewesen wäre, um
zu helfen.**

賢い妹がここにいて助けてくれたらよかったのに。

**Sie hatte schon geweint, als Gregor noch in seinem Zimmer
war.**

グレゴールがまだ部屋の中にいたとき、彼女はすでに泣いて
いた。

**Zu diesem Zeitpunkt lag er einfach nur ruhig auf dem
Rücken.**

その時点で彼はただ静かに仰向けに横たわっていました。

Sie wusste damals schon um die Bedeutung der Situation.

彼女はその時すでに事態の重大さを知っていた。

**Der Manager hatte bekanntermaßen eine Schwäche für
Frauen.**

その店長は女性に弱いことで有名だった。

Sie hätte ihn leicht dazu überreden können, länger zu bleiben.

彼女は簡単に彼を説得してもっと長く滞在させることができたはずだ。

Sie hätte die Tür geschlossen und ihn wieder hineingeführt.

彼女はドアを閉めて彼を中に戻したでしょう。

Doch leider war die Schwester bereits aufgebrochen, um einen Arzt zu holen.

しかし残念なことに、妹は医者を呼びに行っていました。

Deshalb blieb Gregor nichts anderes übrig, als es selbst zu tun.

したがって、グレゴールは自分でそれを行うしか選択肢がありませんでした。

Er hatte nicht bedacht, welche Fähigkeiten er tatsächlich besaß.

彼は自分の能力が実際どのようなものなのか考えてみなかった。

Und er hatte vergessen, seiner Fähigkeit zu sprechen zu misstrauen.

そして彼は、自分の話す能力を疑うことを忘れていた。

Dennoch verließ er die Sicherheit seines Zimmers.

しかし、それにもかかわらず、彼は安全な部屋から出て行きました。

Und er drängte sich durch die Öffnung des Zimmers.

そして彼は部屋の隙間から押し入った。

Der Manager war bereits auf dem Weg die Treppe hinunter.

店長はすでに階段を下り始めていた。

Aber er hielt sich mit beiden Händen am Geländer fest.

しかし彼は両手で手すりを掴んでいた。

Gregor stürzte, als er sich durch die Tür schob.

グレゴールはドアを押し開けようとした時に転倒した。

Er stieß einen kleinen Schrei aus, als er nach Halt griff.

彼は支えを求めて掴まりながら小さな叫び声を上げた。

Doch anstatt in Panik zu geraten, verspürte er ein körperliches Wohlbefinden.

しかし、パニックに陥るどころか、彼は身体的な健康を感じていた。

Zum ersten Mal an diesem Morgen fühlte sich etwas richtig an.

その朝初めて、何かが正しいと感じました。

Alle seine Beine standen nun auf festem Boden.

彼の両足は今や地面をしっかりと踏ん張っていた。

Er war überrascht, wie gut er seine Beine kontrollieren konnte.

彼は自分の足をいかに上手にコントロールできるかに驚いた。

Er freute sich, festzustellen, dass seine Beine ihm vollkommen gehorchten.

彼は自分の足が完全に従うことに気づいて嬉しかった。

Tatsächlich trugen ihn seine Beine überall hin, wo er hinwollte.

実際、彼の足は彼をどこへでも運んでくれた。

Bald würden all seine Sorgen ein Ende finden.

やがて彼の悲しみはすべて終わるはずだった。

Doch im selben Augenblick sprang seine eigene Mutter auf.

しかし、まさにその瞬間に彼の母親も飛び上がりました。

Ihre Arme waren ausgestreckt und ihre Finger gespreizt.

彼女は両腕を伸ばし、指を広げていた。

Und sie schrie: „Hilfe, um Gottes willen, helft mir!"

そして彼女は叫びました。「助けて、お願いだから誰か助けて！」

Sie neigte den Kopf; sie wollte Gregor besser sehen.

彼女は首を傾げた。グレゴールをもっとよく見たかったのだ
。

Doch im Gegensatz zu ihrer ersten Handlung rannte sie zurück.

しかし、最初の行動とは逆に、彼女は走って戻りました。

Sie hatte vergessen, dass der Tisch hinter ihr gedeckt war.

彼女は背後にテーブルがセットされていることを忘れていた
。

Alle Speisen fürs Frühstück standen noch auf dem Tisch.

朝食の食材はすべてまだテーブルの上に残っていました。

Sie setzte sich hastig auf den Tisch, als sei sie abgelenkt.

彼女は気を取られたかのように、急いでテーブルに座った。

Und sie schien den verschütteten Kaffee nicht zu bemerken.

そして彼女はこぼれたコーヒーに気づかなかったようです。

Der Kaffee, der inzwischen in den Teppich eingezogen war.

コーヒーがカーペットに染み込んでしまいました。

„Mutter, Mutter", sagte Gregor leise und blickte zu ihr auf.

「お母さん、お母さん」グレゴールは彼女を見上げながら優
しく言った。

Im Moment war ihm der Manager nicht wichtig.

今のところ、マネージャーは彼にとって重要ではなかった。

Aber da war auch noch der Kaffee, der auf den Teppich tropfte.

しかし、カーペットの上にコーヒーが垂れていました。

Gregor konnte nicht widerstehen und schnappte nach dem Kaffee.

グレゴールはコーヒーを飲むと思わず口をパクパク鳴らした
。

Die Mutter fing wegen seines Verhaltens wieder an zu weinen.

母親は息子の態度のせいで再び泣き始めた。

Sie sprang vom Tisch, um Abstand von ihm zu gewinnen.

彼女は彼から距離を置くためにテーブルから飛び降りた。

Und sie rannte in die Arme ihres Vaters, um Schutz zu suchen.

そして彼女は安全を求めて父親の腕の中に飛び込んだ。

Doch Gregor hatte jetzt keine Zeit mehr für seine Eltern.

しかし、グレゴールには今、両親のために割ける時間がなかった。

Der zuständige Beamte befand sich bereits auf der Treppe.

権限のある警官はすでに階段にいた。

Er hatte sein Kinn auf dem Geländer, um ins Haus zu schauen.

彼は家の中を覗くために手すりに顎を乗せていた。

Offenbar wollte er sich das Spektakel noch ein letztes Mal ansehen.

どうやら彼はその光景を最後にもう一度見たかったようだ。

Und Gregor unternahm einen letzten Versuch, den Manager zu erreichen.

そしてグレゴールはマネージャーに連絡を取るために最後の努力をしました。

Er rannte so sicher wie möglich zur Tür.

彼はできるだけ安全にドアに向かって走った。

Aber der Hauptsekretär muss etwas geahnt haben.

しかし、事務長は何かを疑っていたに違いありません。

Denn er sprang mehrere Stufen hinunter und verschwand.

なぜなら彼は数段の階段を飛び降りて姿を消したからだ。

"Huh!", rief Gregor, und sein Ruf hallte durch das Treppenhaus.

「ハッ！」グレゴールは階段の吹き抜けに響き渡るほど叫んだ。

Die Flucht des Managers schien auch seinen Vater zu verwirren.

マネージャーの逃亡は父親も困惑させたようだ。

Bis dahin war es ihm gelungen, recht gefasst zu bleiben.

彼はそれまで、なんとか冷静さを保っていた。

Doch leider verlor auch er die Fassung, die er zuvor besessen hatte.

しかし残念なことに、彼もまた以前の平静さを失ってしまいました。

Er hätte Gregor bei seinem Vorhaben helfen sollen.

彼がすべきだったのは、グレゴールの追跡を手助けすることだった。

Doch er packte den Gehstock des Managers mit einer Hand.

しかし、彼はマネージャーの杖を片手に掴みました。

In seiner anderen Hand hielt er nun eine Zeitung.

そしてもう一方の手には新聞を持っていました。

Und nun behinderte er Gregor direkt bei seinem Vorhaben.

そして彼は今やグレゴールの追跡を直接妨害した。

Er hatte sich zwischen Gregor und die Straße gestellt.

彼はグレゴールと通りの間に身を置いていた。

Er stampfte mit den Füßen auf und fuchtelte mit dem Stock und der Zeitung herum.

彼は足を踏み鳴らし、棒と新聞紙を振り回した。

Und er zwang Gregor aktiv zurück in sein Zimmer.

そして彼はグレゴールを無理やり自分の部屋に戻そうとした。

Keine der Bitten, die Gregor äußerte, half.

グレゴールが試みた要求はどれも役に立たなかった。

Weil keines seiner Anliegen verstanden wurde.

なぜなら彼の要求はどれも理解されなかったからだ。

Er wandte den Kopf in eine tiefere, demütigere Haltung.

彼は頭をもっと深く、もっと謙虚な角度に向けた。

Doch sein Vater antwortete, indem er noch heftiger mit den Füßen aufstampfte.

しかし、父親はさらに強く足を踏み鳴らして応えました。

Die Mutter öffnete trotz des kühlen Wetters ein Fenster.

母親は涼しい天気にもかかわらず窓を開けた。

Und sie presste ihr Gesicht in die Hände vor Kälte.

そして彼女は寒さの中で両手に顔を埋めた。

Der Wind konnte nun durch die gesamte Wohnung strömen.

風がアパート全体を通り抜けられるようになりました。

Ein starker Luftzug wehte vom Treppenhaus in die Gasse.

階段から路地へ強い隙間風が吹いてきた。

Die Vorhänge wurden vom starken Wind hin und her bewegt.

カーテンは強い風でひらひらと揺れていた。

Und die Zeitung auf dem Tisch raschelte im Wind.

そしてテーブルの上の新聞が風に吹かれてカサカサと音を立てた。

Sogar einige Blätter wurden von draußen ins Haus geweht.

外から家の中に葉っぱが吹き込まれてきたこともありました。

Der Vater stampfte mit den Füßen und schob unerbittlich.

父親は足を踏み鳴らし、容赦なく押し続けた。

Und er zischte und gab Geräusche von sich, wie es ein Wilder tun würde.

そして彼は野生の男のようにシューという音を立てて騒ぎ立てた。

Gregor hatte das Rückwärtsgehen aber noch nicht geübt.

しかし、グレゴールはまだ後ろ向きに歩く練習をしていませんでした。

Selbst Gregor würde zugeben, dass diese Bewegung wesentlich langsamer vonstatten ging.

グレゴールでさえ、この動きがずっと遅いことを認めるだろう。

Doch alles, was er wollte, war die Gelegenheit, umzukehren.

しかし彼が望んでいたのは、方向転換する機会だけだった。

Dann wäre er sofort in sein Zimmer gegangen.

そうすれば彼はすぐに自分の部屋へ行ったでしょう。

Aber er hatte zu große Angst, seinen Vater ungeduldig zu machen.

しかし、彼は父親をイライラさせてしまうことを非常に恐れていた。

Und es bestand die Drohung mit einem Schlag mit dem Stock.

そして棒で殴ると脅されました。

Ein solcher Schlag auf den Hinterkopf könnte tödlich sein.

後頭部へのそのような打撃は致命的となる可能性がある。

Am Ende blieb Gregor jedoch keine andere Wahl.

しかし結局、グレゴールには他に選択肢が残されていなかった。

Ihm wurde klar, dass er nicht einmal mehr geradeaus rückwärts gehen konnte.

彼はまっすぐ後ろ向きに歩くことさえできないことに気づいた。

Er begann sich so schnell wie möglich umzudrehen.

彼はできるだけ早く振り返り始めた。

Doch in Wirklichkeit war diese Drehbewegung genauso langsam.

しかし、実際にはこの回転運動も同様に遅いものでした。

Und ihm folgten die besorgten Blicke des Vaters.

そして父親の心配そうな視線が彼を追った。

Vielleicht bemerkte der Vater Gregors gute Absichten.

おそらく父親はグレゴールの善意に気づいたのだろう。

Weil er ihn nicht daran hinderte, sich umzudrehen.

振り向くのを邪魔しなかったからだ。

Er benutzte sogar die Spitze seines Stocks, um die Drehung zu steuern.

彼は回転を誘導するためにスティックの先端さえ使いました
。

Gregor wünschte sich aber dennoch, sein Vater hätte ihn nicht angefaucht!

しかし、グレゴールは、父親が自分に向かってヒス音を立て

なければよかったのに、と今でも思っています。

Das Zischen trug nur noch zur Verwirrung des Augenblicks bei.

そのシューという音はその場の混乱をさらに増すだけだった
。

Und dann unterlief ihm ein Fehler, und er bog in die falsche Richtung ab.

そして彼は間違いを犯し、間違った方向に進んでしまいまし

た。

Am Ende gelang es ihm schließlich doch, den richtigen Weg einzuschlagen.

結局、彼はようやく正しい方向を向くことができた。

Und er war zufrieden mit den Fortschritten, die er gemacht hatte.

そして彼は自分が成し遂げた進歩に満足していました。

Doch dann trat das nächste Problem noch deutlicher zutage.

しかし、次の問題がさらに明らかになりました。

Sein Körper war zu breit, um problemlos durch die Tür zu passen.

彼の体は幅が広すぎて、簡単にドアを通り抜けることはできなかった。

In seinem jetzigen Zustand bemerkte der Vater dies nicht.

父親は現状ではこれに気づかなかった。

Deshalb kam es ihm nicht in den Sinn, die Tür weiter zu öffnen.

それで彼はドアをさらに開けようとは思わなかった。

Dann wäre genügend Platz für Gregor gewesen.

そうすればグレゴールのための十分なスペースが確保できたでしょう。

Seine einzige Priorität war es, Gregor in sein Zimmer zu bringen.

彼の唯一の優先事項はグレゴールを自分の部屋に連れて行くことだった。

Er hätte aufstehen müssen, um durch die Tür zu passen.

ドアを通るためには立ち上がらなければならなかっただろう。

Der Vater hätte ein solches Manöver jedoch nicht zugelassen.

しかし父親はそのような行為を許さなかっただろう。

Tatsächlich fauchte er ihn noch heftiger an als zuvor.

実際、彼は前よりもさらに激しく彼に向かってシューッと鳴いていた。

Es klang nach mehr als nur einem Mann, der ihn anzischt.

それは、一人以上の男が彼に向かってシューッと鳴いているように聞こえた。

Seine Forderungen schienen nun an Dringlichkeit gewonnen zu haben.

彼の要求の背後には新たな緊急性があるように思われた。

Für Spielereien war jetzt wirklich keine Zeit mehr.

今となっては、もうふざける時間などなかったのだ。

Was auch immer geschah, Gregor musste durch die Tür gelangen.

何が起ころうとも、グレゴールはドアを通り抜けなければならなかった。

Er kämpfte sich ohne jegliche Rücksicht auf sich selbst durch.

彼は自己を顧みることなく突き進んだ。

Durch die Bewegung wurde eine Seite seines Körpers nach oben gedrückt.

その動きによって彼の体の片側が上方に押し上げられた。

Und er lag unbeholfen und schief zwischen den Türrahmen.

そして彼は戸口の間で不自然に曲がった姿勢で横たわっていた。

Eine seiner Flanken war am Holz wundgescheuert.

彼の脇腹の片方は木に擦り付けられて擦り切れていた。

Und er hatte hässliche Flecken auf der weiß gestrichenen Tür hinterlassen.

そして、白く塗られたドアに醜いシミを残していた。

Auf einer Seite seines Körpers hingen die Beine zitternd in der Luft.

片方の足は震えながら空中にぶら下がっていた。

Seine anderen Beine drückten schmerzhaft gegen den Boden.

彼のもう一方の足は床に痛々しく押し付けられていた。

Bald würde er vollständig zwischen den Türen eingeklemmt sein.

すぐに彼は完全にドアの間に挟まれてしまうだろう。

Und dann hätte er sich überhaupt nicht mehr bewegen können.

そうすると彼は全く動けなくなるでしょう。

Doch der Vater gab ihm einen wahrhaft befreienden, starken Anstoß.

しかし、父親は息子を本当に解放する力強い後押しをしました。

Und er stürzte, stark blutend, tief in sein Zimmer hinein.

そして彼はひどく出血しながら部屋の奥深くに倒れ込んだ。

Der Vater knallte die Tür hinter sich mit seinem Stock zu.

父親は杖で後ろのドアをバタンと閉めた。

Und dann kehrte endlich wieder Ruhe ein.

そして、ようやく再び平穏と静寂が戻ってきました。

Gregor wachte erst viel später am Tag auf.

グレゴールはその日のかなり遅い時間まで目覚めなかった。

Die Dämmerung war hereingebrochen; er hatte tief und fest geschlafen.

夕暮れが訪れ、彼は深い眠りに落ちて、意識を失っていた。

Er wäre auch ohne Störung aufgewacht.

邪魔されなくても彼は目覚めただろう。

Denn er fühlte sich ausreichend ausgeruht und gut geschlafen.

なぜなら、彼は十分に休息し、よく眠れたと感じたからです。

Aber er glaubte, draußen flüchtige Schritte zu hören.

しかし、彼は外で何かの足音が聞こえたような気がした。

Und vielleicht hat jemand die Haustür sorgfältig geschlossen.

そして誰かが玄関のドアを慎重に閉めたかもしれません。

Das Licht der elektrischen Straßenbahn lag blass an der Decke.

天井には電車の明かりが淡く灯っていた。

Auch die Oberseite der Möbel wurde ein wenig beleuchtet.

家具の上部にも少し光が当たりました。

Doch unten am Boden, auf Gregors Höhe, war es dunkel.

しかし、グレゴールの目の高さの地面の上は暗かった。

Seine Beine schoben ihn langsam wieder in Richtung Tür.

彼は再びゆっくりと足を動かしてドアの方へ進んだ。

Er war sehr neugierig, zu sehen, was dort geschehen war.

彼はそこで何が起こったのかを非常に興味を持って見ました。

Seine Kontrolle über seine Fühler war jedoch noch nicht entwickelt.

しかし、彼の触覚のコントロールはまだ発達していませんでした。

Obwohl er diese neuen Sensoren allmählich zu schätzen begann.

彼はこれらの新しいセンサーを評価し始めました。

Eine lange, unansehnliche Narbe schien seine linke Seite hinunterzulaufen.

彼の左側には長くて不快な傷跡が走っているようだった。

Die Narbe fühlte sich an, als würde sie diese Seite seines Körpers einengen.

その傷跡が彼の体のその側を締め付けるように感じた。

Und so musste er buchstäblich auf seinen zwei Beinreihen humpeln.

そして彼は文字通り二列の足を引きずって歩かなければなりませんでした。

Eines seiner Beine war an diesem Morgen schwer verletzt worden.

その朝、彼の片足は重傷を負っていた。

Es war wirklich ein Wunder, dass er sich nicht noch mehr Beine gebrochen hatte.

本当に、彼がそれ以上足を折らなかったのは奇跡だった。

Und so schleppte er sein verletztes Bein leblos hinter sich her.

そして彼は怪我をした足を力なく引きずりながら後ろに進んだ。

Als er die Tür erreichte, erkannte er etwas Tiefgreifendes.

ドアに着いたとき、彼は何か重大なことに気づいた。

Es war der Geruch von etwas, der ihn dorthin gelockt hatte.

彼をそこに誘い込んだのは何かの匂いだった。

In Gregors Zimmer war etwas Essbares für ihn hinterlassen worden.

グレゴールの部屋には何か食べられるものが残されていた。

Stückchen Weißbrot schwimmen in einer Schüssel mit süßer Milch.

甘いミルクの入ったボウルに白いパンのかけらが浮かんでいます。

Er konnte seine innere Freude kaum verbergen.

彼は心の中の喜びを抑えることができなかった。

Er war jetzt noch hungriger als am Morgen.

彼は朝よりもさらにお腹が空いていた。

Er tauchte sofort seinen Kopf in die Schüssel mit Milch.

彼はすぐにミルクの入ったボウルに頭を浸しました。

Die Milch quoll ihm fast über den ganzen Kopf, bis zu den Augen.

ミルクは彼の頭のほぼ全体、目まで出てきました。

Doch schon bald riss er den Kopf zurück, bitter enttäuscht.

しかし、彼はすぐにひどく失望して頭を後ろに引っ込めた。

Das Essen war aufgrund seiner empfindlichen linken Seite schwierig.

左側が弱っていたため、食事が困難でした。

Und er konnte nur essen, indem er mit dem ganzen Körper keuchte.

そして、彼は全身を使って息を切らしながらしか食べることができませんでした。

Das war jedoch nicht der wahre Grund für seine Enttäuschung.

しかし、それが彼の失望の本当の理由ではなかった。

Milch war schon immer eines seiner Lieblingsgerichte gewesen.

ミルクは昔から彼のお気に入りの料理の一つでした。

Er hatte keinen Zweifel daran, dass seine Schwester sich daran erinnerte.

彼は妹がこのことを覚えていたことに疑いはなかった。

Und das war der Grund, warum sie ihm Milch gegeben hatte.

そしてそれが彼女が彼にミルクを与えた理由でした。

Er konnte nicht erklären, warum er Milch jetzt nicht mehr mochte.

彼はなぜ今は牛乳が嫌いなのか説明できなかった。

Und er wandte sich fast widerwillig von der Schüssel ab.

そして彼は、ほとんど気が進まなかったかのようにボウルから背を向けた。

Enttäuscht kroch er zurück in die Mitte des Raumes.

彼はがっかりして、部屋の真ん中まで這って戻った。

Hier konnte er durch den Türspalt hindurchsehen.

ここで彼はドアの隙間から中を覗くことができた。

Er konnte sehen, dass im Wohnzimmer das Feuer brannte.

彼はリビングルームに火が灯っているのが見えた。

Gewöhnlich las der Vater um diese Zeit die Zeitung.

たいていこの時間には父親が新聞を読んでいました。

Er las seiner Mutter immer mit erhobener Stimme vor.

彼はいつも大きな声で母親に本を読んで聞かせていた。

Manchmal lauschte auch die Schwester dem Vater.

時々、妹も父親の話を盗み聞きすることもあった。

Sie hatte Gregor immer von diesem Vorlesen erzählt.

彼女はいつもグレゴールにこの朗読について話していた。

Doch heute war aus dem Zimmer kein Laut zu hören.

しかし、今日は部屋から音が聞こえませんでした。

Vielleicht war diese Gewohnheit bereits in Vergessenheit geraten.

おそらくこの習慣はすでに廃れていたのでしょう。

Eine tiefe Stille hatte sich über die gesamte Wohnung gelegt.

深い静寂がアパート全体を覆っていた。

Obwohl er wusste, dass die Wohnung ganz sicher nicht leer war.

彼はそのアパートが決して空ではないことを知っていた。

„Was für ein ruhiges Leben die Familie doch führte", dachte Gregor.

「この家族は何て静かな暮らしをしているのだろう」とグレゴールは思った。

Und er blickte mit großem Stolz in die Dunkelheit.

そして彼は大きな誇りを持って暗闇を見つめた。

Er war stolz auf das Leben, das er ihnen hatte ermöglichen können.

彼は彼らに与えることができた人生を誇りに思っていた。

Er war stolz auf die schöne Wohnung, in der sie lebten.

彼は彼らが住んでいる美しいアパートを誇りに思っていた。

Doch sollte dieser Frieden nun ein schreckliches Ende nehmen?

しかし、この平和は恐ろしい終わりを迎えようとしていたのでしょうか？

Würde man ihnen ihren Wohlstand nehmen?

彼らの繁栄は奪われるのでしょうか？

War ihre Zufriedenheit nun in Zukunft ungewiss?

彼らの満足感は将来不確実だったのでしょうか？

Doch er wollte sich nicht in solchen Gedanken verlieren.

しかし彼はそんな考えに囚われて自分を見失いたくはなかった。

Um sich die Zeit zu vertreiben, kroch er die Wände rauf und runter.

彼は暇つぶしに壁を登ったり下りたりした。

Im Laufe des langen Abends wurde eine Tür einen Spalt breit geöffnet.

長い夜の間に、一つのドアが少しだけ開いた。

Und zu einem anderen Zeitpunkt öffnete sich die andere Tür einen Spaltbreit.

そしてまた別の時に、もう一方のドアが少し開きました。

Doch beide Male wurden die Türen schnell wieder geschlossen.

しかし、どちらの場合もドアはすぐに再び閉まりました。

Offenbar hatte jemand draußen den Wunsch, hereinzukommen.

明らかに外から誰かが侵入しようとしていた。

Aber sie hatten auch zu viele Bedenken, hereinzukommen.

しかし、彼らは入国に関してあまりにも多くの懸念を抱いていました。

Gregor blieb nun direkt vor der Wohnzimmertür stehen.

グレゴールはリビングルームのドアの前で立ち止まった。

Er war fest entschlossen, den zögernden Besucher irgendwie zu verführen.

彼は、ためらっている訪問者を何とか誘惑しようと決心した。

Und er wollte auch wissen, wer der Besucher gewesen war.

そしてまた、訪問者が誰であったかも知りたかったのです。

Doch an diesem Abend wurde die Tür kein drittes Mal geöffnet.

しかしその夜、ドアは3度目には開けられなかった。

Und Gregor verbrachte seine Zeit vergeblich damit, an der Tür zu warten.

そしてグレゴールはドアのそばで待っていたが、無駄な時間を過ごしてしまった。

Früher am Tag wollten sie alle in den Raum kommen.

その日の早い時間に、彼ら全員が部屋に入りたがっていました。

Jetzt, da die Türen unverschlossen waren, würde es ihnen leichter fallen.

ドアの鍵が開いたので、彼らにとっては楽になっただろう。

Aber sie entschieden sich dafür, auf der anderen Seite des Raumes zu bleiben.

しかし彼らは部屋の反対側に留まることを選択しました。

Gregor bemerkte, dass die Schlüssel nicht mehr in ihren Schlössern steckten.

グレゴールは鍵がもう鍵穴に差し込まれていないことに気づいた。

Jemand muss die Schlüssel zum Außenschloss umgesteckt haben.

誰かが鍵を外側の鍵穴に移動させたに違いありません。

Erst spät in der Nacht wurde das Licht im Wohnzimmer ausgeschaltet.

夜遅くになって初めてリビングルームの電気が消されました。

Die Familie muss die ganze Zeit wach geblieben sein.

家族はずっと起きていたに違いない。

Und Gregor konnte deutlich hören, wie sie sich auf Zehenspitzen davonschlichen.

そしてグレゴールは彼らがつま先立ちで立ち去る音をはっきりと聞き取ることができた。

Nun würde bis zum Morgen niemand zu Gregor kommen.

今では朝まで誰もグレゴールのところに来ないだろう。

So hatte er lange Zeit für sich, um ungestört nachzudenken.

それで彼は邪魔されずに考える長い時間を一人で持つことができた。

Wie könnte man sein Leben jetzt am besten neu ordnen?

今、彼の人生を立て直す最善の方法は何でしょうか?

Doch die hohen Wände des leeren Zimmers ängstigten ihn.

しかし、何もない部屋の高い壁が彼を怖がらせた。

Ihm blieb keine andere Wahl, als sich flach auf den Boden zu legen.

彼は地面に横たわるしか選択肢がなかった。

Und er fand in diesem Raum niemals die Ursache seiner Angst.

そして彼はその空間における恐怖の原因を決して見つけることはなかった。

Es war dasselbe Zimmer, in dem er seit fünf Jahren lebte.

それは彼が5年間住んでいたのと同じ部屋でした。

Halb bewusst machte er eine Bewegung in Richtung Sofa.

彼は半ば無意識にソファの方へ動いた。

Und ohne jede Scham versteckte er sich unter dem Sofa.

そして彼は何の恥ずかしさも感じることなくソファの下に隠れました。

Dort unten fühlte er sich sofort wieder sehr wohl.

そこで彼はすぐに再び非常に心地よく感じました。

Obwohl sein Rücken etwas gequetscht war.

背中が少し押されていたにもかかわらず。

Auch unter dem Sofa konnte er seinen Kopf nicht mehr heben.

彼はソファーの下で頭を上げることもできなくなっていた。

Aber selbst das zog er einem Aufenthalt im Freien vor.

しかし、彼はどんなオープンエリアにいるよりも、この場所を好んだ。

Er bedauerte jedoch, dass sein Körper so breit war.

しかし、彼は自分の体が太すぎることを残念に思っていた。

Das Sofa konnte seinen ganzen Körper nicht vollständig bedecken.

ソファは彼の体全体を完全に覆うことはできなかった。

Er blieb die ganze Nacht unter dem Sofa.

彼は一晩中ソファの下にいた。

Die Nacht verbrachte er halb schlafend, geplagt von seinem Hunger.

彼は空腹に悩まされ、半分眠ったままの夜を過ごした。

Und die Zeit, die er wach war, verbrachte er entweder in Sorgen oder in Hoffnung.

そして、目覚めている間、彼は心配したり、希望を持ったりして過ごしました。

Doch all seine vagen Hoffnungen führten zu demselben Schluss.

しかし、彼の漠然とした希望はすべて同じ結論に至った。

Ihm blieb nichts anderes übrig, als vorerst zu schweigen.

今のところ彼には黙っているしか選択肢がなかった。

Er musste der Familie gegenüber Geduld und Rücksichtnahme zeigen.

彼はその家族に対して忍耐と配慮を示さなければならなかった。

Es war die einzige Möglichkeit, die Unannehmlichkeiten erträglich zu machen.

それが不便を耐えられるものにする唯一の方法だった。

Die Unannehmlichkeiten, die er nun der Familie auferlegte.

彼は今、その不便を家族に強いている。

Er musste nicht lange warten, um sein Mitgefühl unter Beweis zu stellen.

彼は自分の同情心を証明するのに長く待つ必要はなかった。

Früh am Morgen schaute die Schwester in sein Zimmer.

朝早く、妹は彼の部屋を覗いた。

Obwohl es eigentlich genauso viel Nacht wie Morgen war.

実際のところ、それは朝であると同時に夜でもありました。

Sie war vollständig angezogen und schien aufgeregt zu sein.

彼女はきちんと服を着ており、興奮しているようでした。

Die Tragfähigkeit seiner neu getroffenen Entscheidung könnte sich bewähren.

彼の新たな決意の強さが試されるかもしれない。

Sie entdeckte ihn nicht sofort auf Anhieb.

彼女は一目見ただけではすぐに彼を見つけることができませんでした。

Er musste irgendwo sein; weggeflogen konnte er nicht sein.

彼はどこかにいるはずだった。飛んで行ってしまったはずはない。

Doch dann schweifte ihr Blick ein zweites Mal durch den Raum.

しかし、そのとき、彼女の視線は再び部屋を見渡した。

Und dieses Mal entdeckte sie seinen Oberkörper unter dem Sofa.

そして今度は彼女はソファーの下に彼の胴体を見つけた。

Sie war so verängstigt, dass sie jegliche Selbstbeherrschung verlor.

彼女はとても怖かったので自制心を完全に失ってしまった。

Und ihre erste Reaktion war, die Tür wieder zuzuschlagen.

そして彼女の最初の反応は、再びドアをバタンと閉めることでした。

Doch sie schien ihr Verhalten auch sofort zu bereuen.

しかし、彼女はすぐに自分の行動を後悔したようでした。

Kaum hatte sie die Tür zugeschlagen, öffnete sie sie auch schon wieder.

彼女はドアをバタンと閉めるとすぐに、またドアを開けた。

Und diesmal schlich sie sich leise auf Zehenspitzen in den Raum.

そして今度は彼女はそっと爪先立ちで部屋に入っていった。

Sie bewegte sich, als ob sie eine schwerkranke Person besuchen würde.

彼女はまるで重病の患者を見舞っているかのような動きをした。

Oder sie könnte einen völlig Fremden besucht haben.

あるいは、彼女はまったく見知らぬ人を訪ねていたのかもしれません。

Gregor drückte seinen Kopf fast bis an den Rand des Sofas.

グレゴールはソファの端のあたりまで頭を押し付けた。

Und von unterhalb des Tresors beobachtete er sie im Zimmer.

そして金庫の下から、彼は部屋にいる彼女を監視し続けた。

Würde sie bemerken, dass er die Milch stehen gelassen hatte?

彼女は彼がミルクを置いていったことに気づくだろうか？

Er hatte die Milch nicht etwa aus Mangel an Hunger stehen gelassen.

彼は空腹がなかったからミルクを飲まなかったわけではない。

Wollte sie ihm stattdessen anderes Essen bringen?

彼女は代わりに別の食べ物を持ってくるつもりだったのでしょうか?

Vielleicht ein Gericht, das seinen Vorlieben besser entsprach.

おそらく彼の好みにもっと合った料理でしょう。

Aber sie hätte seinen Appetit selbst bemerken müssen.

しかし、彼女自身が彼の食欲に気付かなければならなかっただろう。

Er wäre lieber verhungert, als sie davon erfahren zu lassen.

彼は彼女にそれを知らせるくらいならむしろ飢え死にしたいと思った。

Eigentlich hätte er es ihr sehr gerne gesagt.

実際、彼は彼女にそれを伝えたかったのです。

Er war wirklich versucht, unter dem Sofa hervorzuschießen.

彼は本当にソファの下から飛び出したい衝動に駆られました。

Er wollte sich seiner Schwester zu Füßen werfen.

彼は妹の足元にひれ伏したかった。

Und er wollte sie um etwas Leckeres zu essen bitten.

そして彼は彼女に何かおいしいものを食べたいと頼みたかったのです。

Doch dann blickte die Schwester zu der Schüssel mit Milch.

しかしそのとき、妹はミルクの入ったボウルのほうに目を向けました。

Sie bemerkte sofort, dass die Schüssel noch voll war.

彼女はすぐにボウルがまだいっぱいであることに気づきました。

Sie war ziemlich überrascht, dass Gregor nichts gegessen hatte.

彼女はグレゴールが何も食べていなかったことにかなり驚いた。

Nur ein wenig Milch war auf den Boden verschüttet worden.

床に少しだけミルクがこぼれていました。

Sie nahm sofort die Schüssel und trug sie hinaus.

彼女はすぐにボウルを拾い上げて、持ち去りました。

Er sah, dass sie die Schüssel nicht mit bloßen Händen aufgehoben hatte.

彼は彼女が素手でボウルを拾わなかったことに気づいた。

Stattdessen hob sie die Schüssel mit einem der Lappen hoch.

代わりに彼女はぼろ布の1枚を使ってボウルを拾い上げました。

Gregor vergaß dieses kleine Detail jedoch sehr schnell.

しかし、グレゴールはこの些細なことをすぐに忘れてしまいました。

Er war nun von etwas ganz anderem viel begeisterter.

彼は今、別のことにとても興奮していた。

Was könnte sie als Ersatz für die Milch mitbringen?

彼女はミルクの代わりに何を持ってくるのでしょうか？

Er hatte verschiedene Vermutungen darüber, was sie wohl mitbringen könnte.

彼女が何をもたらすかについて彼はいろいろ考えていた。

Doch die Güte seiner Schwester übertraf seine Erwartungen.

しかし、妹の優しさは彼の予想を上回るものでした。

Ihr wurde klar, dass sie herausfinden musste, was seine neuen Vorlieben waren.

彼女は彼の新しい嗜好が何であるかを試さなければならないことに気づいた。

Deshalb brachte sie eine ganze Auswahl an verschiedenen Speisen mit.

それで彼女はいろいろな種類の食べ物を持ってきました。

Halbverfaultes Gemüse, Knochen vom Abendessen.

半分腐った野菜、夕食の骨。

Die eingedickte Soße von der anderen Mahlzeit, die sie gegessen hatten.

以前食べた食事のソースが固まっていました。

Ein paar Rosinen, einige Mandeln, trockenes Brot, Butterbrot.

レーズン少々、アーモンド少々、乾いたパン、バターパン。

Etwas Brot, das mit Butter bestrichen und gesalzen war.

バターを塗って塩も振ったパン。

Käse, den Gregor vor zwei Tagen noch für ungenießbar erklärt hatte.

グレゴールが2日前に食べられないと宣言したチーズ。

Die gesamte Auswahl an Speisen wurde auf einer Zeitung ausgelegt.

この厳選された食べ物はすべて新聞に掲載されました。

Und sie stellte auch eine Schüssel mit Wasser neben seine Mahlzeiten.

そして彼女は彼の食事の横に水を入れたボウルも置きました。

Sie wusste, dass Gregor nicht vor ihr gegessen hätte.

彼女はグレゴールが自分の前で食事をするはずがないことを知っていた。

Aus Respekt vor ihm verließ sie deshalb wieder den Raum.

それで、彼に対する敬意から、彼女は再び部屋を出て行きました。

Und sie hat beim Weggehen sogar den Schlüssel im Schloss umgedreht.

そして彼女は出て行くときに鍵を回したのです。

Aber sie drehte den Schlüssel ganz leise und vorsichtig um.

しかし彼女はとても静かに、そして慎重に鍵を回しました。

Auf diese Weise würde nur Gregor wissen, dass die Tür verschlossen war.

こうすれば、ドアがロックされていることを知るのはグレゴールだけになります。

Nun konnte er es sich so bequem machen, wie er wollte.

今、彼は自分の望むだけ快適に過ごすことができました。

Gregors Beine surrten, als es Zeit zum Essen war.

食事の時間になると、グレゴールの足はうなり声をあげた。

Bemerkenswert ist, dass er keinerlei Beschwerden mehr verspürte.

注目すべきは、彼がもはや何の不快感も感じていないということだ。

Seine Wunden müssen bereits vollständig verheilt sein.

彼の傷はすでに完全に癒えているに違いない。

Weil er seine früheren Behinderungen nicht mehr spürte.

以前の障害をもう感じなくなったからです。

Seine neue Fähigkeit zu heilen überraschte und verblüffte ihn.

彼の新たな治癒能力は彼を驚かせ感動させた。

Vor mehr als einem Monat schnitt er sich mit einem Messer in den Finger.

一ヶ月以上前、彼はナイフで指を切った。

Bis vor zwei Tagen schmerzte ihn diese Wunde noch.

二日前までその傷はまだ痛んでいた。

„Bin ich jetzt viel weniger empfindlich?", dachte er bei sich.

「僕は以前より鈍感になったのだろうか？」と彼は心の中で思った。

Inzwischen lutschte er gierig an dem Käse.

この時までに、彼はすでに貪欲にチーズを舐めていた。

Er fühlte sich vom Käse mehr angezogen als von den anderen Speisen.

彼は他の食べ物よりもチーズに惹かれた。

Er aß schnell ein Stück Käse nach dem anderen.

彼はチーズを次々と素早く食べた。

Beim Genuss des Geschmacks traten ihm vor Zufriedenheit die Tränen in die Augen.

その味に満足して彼は涙を浮かべた。

Nach dem Käse aß er das Gemüse und die Soße.

チーズを食べた後、野菜とソースを食べました。

Das frische Essen schmeckte ihm jedoch nicht.

しかしながら、その新鮮な食べ物は彼にとって美味しくなかった。

Tatsächlich konnte er nicht einmal den Geruch von frischen Lebensmitteln ertragen.

実際、彼は新鮮な食べ物の匂いさえ我慢できなかった。

Er hat sogar die anderen Lebensmittel von den frischen Lebensmitteln weggezerrt.

彼は新鮮な食べ物から他の食べ物を引き離しさえしました。

Und im Nu hatte er auch noch das Essbare aufgegessen.

そして、彼は食べられる食べ物をあっという間に食べ終えました。

Das ganze leckere Essen hatte eine schläfrig machende Wirkung auf ihn.

おいしい食べ物はすべて彼に催眠効果をもたらした。

Und er lag träge an der Stelle, wo er gegessen hatte.

そして彼は食事をした場所に怠惰に横たわった。

Schließlich kam seine Schwester zurück, um noch einmal nach ihm zu sehen.

結局、妹が再び彼の様子を見に来ました。

Sie hatte die Weitsicht, den Schlüssel ganz langsam umzudrehen.

彼女は先見の明を持って、鍵をゆっくりと回した。

Dies war für Gregor ein Warnsignal, sich zurückzuziehen.

これによりグレゴールは撤退すべきだという警告を受けた。

Benommen und erschrocken huschte er zurück unter das Sofa.

彼はびっくりしてぼうっとしながら、急いでソファーの下に逃げ込んだ。

Doch diesmal war es nicht so einfach, unter dem Sofa zu bleiben.

しかし、今回はソファの下に留まるのはそれほど簡単ではありませんでした。

Sein Körper war durch das viele Essen etwas runder geworden.

食べ過ぎで彼の体はちょっと丸くなっていた。

Und er musste sich beherrschen, nicht wieder auszulaufen.

そして彼は、再び逃げ出さないように自分を抑えなければなりませんでした。

Auch wenn die Schwester nicht lange im Zimmer blieb.

妹は部屋に長く留まらなかったにもかかわらず。

In dem engen Raum rang er nach Luft.

彼はその狭い空間の下で呼吸するのに苦労していました。

Doch er überwand die kurzen Anfälle von Atemnot.

しかし彼は、ちょっとした息苦しさを乗り越えた。

Mit aufgerissenen Augen beobachtete er die Aktivitäten der Schwester.

彼は目を丸くして妹の行動を観察した。

Die ahnungslose Schwester schüttete alles in einen Eimer.

何も知らない妹は、すべてをバケツに注ぎました。

Sie entsorgte nicht nur das Essen, das Gregor nicht gegessen hatte.

彼女はグレゴールが食べなかった食べ物を処分しただけではなかった。

Aber sie entsorgte auch das Essen, das er nicht angerührt hatte.

しかし彼女は、彼が触れなかった食べ物も処分してしまった。

Offenbar war dieses Essen nun für niemanden mehr genießbar.

どうやらその食べ物はもう誰にも食べられなくなってしまったようです。

Anschließend verschloss sie den Futtereimer mit einem Holzdeckel.

それから彼女は餌の入ったバケツを木の蓋で閉じました。

Und mit dem Essen, dem Eimer und dem Wischmopp ging sie.

そして彼女は食べ物とバケツとモップを持って立ち去りました。

Gregor hätte nicht mehr lange warten können.

グレゴールはもうこれ以上待つことはできなかっただろう。

Sobald sie weg war, entkam er unter dem Sofa hervor.

彼女が去るとすぐに彼はソファーの下から逃げ出した。

Und er streckte sich aus und atmete erleichtert auf.

そして彼は体を伸ばして、安堵のため息をついた。

So erhielt Gregor von nun an regelmäßig seine Nahrung.

これから先もグレゴールはこうして時々食べ物を受け取ることになる。

Seine Schwester gab ihm einmal früh am Morgen etwas zu essen.

彼の妹は一度、朝早くに彼に食べ物を与えた。

Zu dieser Stunde schliefen die Eltern und das Dienstmädchen noch.

この時間、両親とメイドはまだ眠っていました。

Und er erhielt eine zweite Mahlzeit, nachdem alle anderen bereits zu Mittag gegessen hatten.

そして、全員が昼食をとった後、彼は二度目の食事を受け取りました。

Denn zu dieser Zeit schliefen die Eltern auch eine Weile.

なぜなら、その時間には両親もしばらく寝ていたからです。

Und das Dienstmädchen wurde von der Schwester mit einer Besorgung weggeschickt.

そしてメイドさんは姉さんから何かの用事で出かけさせられました。

Sie hatten ganz sicher nicht die Absicht, Gregor verhungern zu lassen.

彼らはグレゴールを飢えさせるつもりなどなかったのだ。

Aber sie hätten ihm auch nicht beim Essen zusehen wollen.

しかし、彼らも彼が食べるのを見たくはなかったでしょう。

Die Angaben der Schwester reichten als Information aus.

姉が言ったことは十分な情報でした。

Vielleicht war es ihre Art, den Eltern den Kummer zu ersparen.

おそらくそれが、両親を悲しませない彼女のやり方だったのでしょう。

Sie hatten unter seinen Taten schon genug gelitten.

彼らはすでに彼の行為によって十分に苦しんでいた。

Der erste Tag verblasste langsam zu einer fernen Erinnerung.

最初の日は徐々に遠い思い出になりつつありました。

Gregor hatte keine Möglichkeit zu erfahren, was an diesem Tag geschah.

グレゴールはその日に何が起こったのか知る由もなかった。

Wie wurde der Schlüsseldienstmitarbeiter aus der Wohnung geleitet?

鍵屋はどうやってアパートの外に案内されたのですか？

Mit welchen Ausreden war der Arzt schließlich zufrieden?

医者は最終的にどんな言い訳で満足したのでしょうか?

Er hatte keinen Weg gefunden, sich verständlich zu machen.

彼は自分の意見を理解してもらう方法を全く見つけられなかった。

Es gelang ihm nicht einmal, mit seiner Schwester zu kommunizieren.

彼は妹とコミュニケーションを取ることさえできなかった。

Und so dachten sie, er könne sie nicht verstehen.

それで彼らは、彼には自分たちの言っていることが理解できないのだと考えました。

Und deshalb wurde auch kein Versuch unternommen, mit ihm zu sprechen.

そのため、彼と話をする努力は行われなかった。

Seine Schwester kam jeden Morgen und jeden Mittag in sein Zimmer.

彼の妹は毎朝と昼食に彼の部屋に来ました。

Doch er musste sich damit begnügen, ihre Seufzer zu hören.

しかし彼は彼女のため息を聞くだけで満足しなければならなかった。

Später gewöhnte sie sich dann doch etwas mehr an Gregors Gestalt.

その後、彼女はグレゴールの姿に少し慣れてきました。

Und sie fühlte sich etwas freier, weitere Bemerkungen zu machen.

そして彼女は、より多くの発言をする自由が少し増えたと感じました。

(Obwohl sie sich nie ganz an ihn gewöhnen würde.)

（彼女は決して彼に完全に慣れることはなかったが。）

Und dann fühlte sich Gregor wieder etwas mehr angesprochen.

そして、グレゴールはまた少しだけ話しかけられているように感じた。

Und er nahm wahr, was er als freundliche Kommentare empfand.

そして彼は、友好的なコメントだと認識したものを聞きました。

„Ihm hat das Essen heute geschmeckt" oder „Er hat alles aufgegessen".

「彼は今日食事を楽しんでいました」または「彼はすべて食べました。」

Das war aber erst der Fall, nachdem er sein gesamtes Essen aufgegessen hatte.

しかし、それは彼が食べ物を全部食べた後のことでした。

Doch in letzter Zeit kam dies immer seltener vor.

しかし、最近ではこれがますます稀になってきました。

„Er hat sein Essen kaum angerührt", sagte sie jetzt immer öfter.

「彼はほとんど食事に手をつけなかった」と彼女は今ではよく言うようになった。

Und jedes Mal schwang ein Hauch von Traurigkeit in ihrer Stimme mit.

そして、彼女の声には毎回、少しの悲しみが込められていました。

Gregor konnte keine anderen Nachrichten direkter empfangen.

グレゴールはこれ以上直接的にニュースを聞くことはできなかった。

Aber er hörte viele Neuigkeiten aus den angrenzenden Zimmern mit.

しかし、彼は隣の部屋からたくさんのニュースを耳にしました。

Als er Stimmen hörte, rannte er zur entsprechenden Tür.

彼は声を聞くと、対応するドアまで走って行きました。

Und er presste seinen ganzen Körper gegen die Tür, um zu hören.

そして彼は聞くために全身をドアに押し付けた。

Alle Gespräche drehten sich in irgendeiner Weise um ihn.

すべての会話は何らかの形で彼に関わるものだった。

Selbst wenn es scheinbar um etwas ganz anderes ging.

話題が何か別のことに関するものであるように思えたとしても。

Diese Beobachtung traf insbesondere in der Anfangszeit zu.

この観察は初期の頃には特に当てはまりました。

Bei jeder Mahlzeit wiederholten sie die gleiche Diskussion.

食事のたびに彼らは同じ議論を繰り返した。

Sie waren sich noch immer unsicher, wie sie sich ihm gegenüber verhalten sollten.

彼らはまだ彼の周りでどのように振る舞うべきか確信が持てなかった。

Das gleiche Thema wurde aber auch zwischen den Mahlzeiten besprochen.

しかし、食事の合間にも同じ話題が話し合われました。

Weil immer zwei Familienmitglieder zu Hause waren.

なぜなら家にはいつも家族が二人いたからです。

Niemand wollte allein im Haus bleiben.

誰も一人で家の中に居たくなかった。

Aber die Wohnung leer stehen zu lassen, kam auch nicht in Frage.

しかし、アパートを空のままにしておくことも考えられませんでした。

Das Dienstmädchen war die Einzige, die nicht an die Wohnung gebunden war.

メイドだけがアパートに縛られていなかった。

Sie hatte bereits am ersten Tag darum gebeten, gehen zu dürfen.

彼女はすでに初日に退去を申し出ていた。

Sie kniete nieder und flehte darum, entlassen zu werden.

彼女はひざまずいて解雇を懇願した。

Die Familie wusste nicht, wie viel das Dienstmädchen tatsächlich wusste.

家族はメイドが実際にどれだけのことを知っているのか知らなかった。

Zu diesem Zeitpunkt hatte sie nicht mehr gesehen als alle anderen.

その段階では、彼女は他の誰よりも多くのことを見ていたわ
けではない。

Was geschehen war, blieb der Familie weiterhin ein Rätsel.
何が起こったのかは、家族にとって依然として謎のままだっ
た。

Doch eine Viertelstunde später verabschiedete sie sich.
しかし15分後、彼女は別れを告げた。

Und sie dankte der Familie mit Tränen in den Augen.
そして彼女は目に涙を浮かべながら家族に感謝の意を表した
。

**Aber eigentlich dankte sie ihnen dafür, dass sie sie
freigelassen hatten.**
しかし、彼女は本当に、自分を解放してくれたことに感謝し
ていた。

**Sie schienen ihr größte Freundlichkeit entgegengebracht zu
haben.**
彼らは彼女に最大限の親切を示したようだった。

**Sie leistete sogar einen Eid, ohne dazu aufgefordert worden
zu sein.**
彼女は頼まれもしないのに誓いを立てた。

Sie sagte, sie würde niemandem erzählen, was passiert war.
彼女は何が起こったのかを誰にも話さないと言った。

**Nun musste die Schwester zusammen mit ihrer Mutter
kochen.**
今では妹は母親と一緒に料理をしなければならなくなりまし
た。

Das war aber keine allzu große Unannehmlichkeit.
しかし、これはそれほど不便ではありませんでした。

Weil die beiden sowieso fast nichts aßen.
だって二人ともほとんど何も食べなかったから。

Immer und immer wieder hörte Gregor dasselbe Gespräch mit.

グレゴールは何度も同じ会話を耳にした。

Einer der beiden sagte dem anderen, er müsse mehr essen.

一人がもう一人に、もっと食べなくてはいけないと言っていました。

Diese Person erhielt jedoch keine Antwort von der betreffenden Person.

しかし、その人はその人から何の返事も受け取りませんでした。

„Danke, ich habe genug", oder etwas Ähnliches.

「ありがとう、もう十分だよ」とか、似たような感じ。

Vielleicht tranken sie auch gar nichts mehr.

彼らももう何も飲んでいないのかもしれない。

Die Schwester fragte ihren Vater oft, ob er Bier wolle.

妹はよく父親にビールが欲しいかどうか尋ねた。

Und sie bot freundlicherweise an, das Bier selbst zu holen.

そして彼女は、ビールを自分で取りに行くと温かく申し出てくれました。

Der Vater schwieg auf ihre Bitte hin stets.

父親は彼女の要求に対していつも沈黙を守った。

Die Schwester musste also einen Weg finden, jeden Zweifel auszuräumen.

それで、姉は疑いを払拭する方法を見つけなければなりませんでした。

Und sie sagte, sie würde das Dienstmädchen losschicken, um Bier zu holen.

そしてメイドにビールを買いに行かせると言いました。

Doch dann sagte der Vater schließlich ein lautes, deutliches „Nein".

しかし、父親はついに大きな声で「だめだ」と言いました。

Das Thema, dass er ein Bier trank, wurde danach nicht mehr erwähnt.

それから、彼がビールを飲んでいるという話題は出なくなりました。

Er hatte die finanzielle Situation bereits zuvor erläutert.

彼は以前にすでに財政状況について説明していた。

Tatsächlich sprach er schon am ersten Tag über Finanzen.

実際、彼は初日に財政について言及しました。

Er machte ihnen die Aussichten deutlich.

彼は彼らに将来の見通しがどのようなものかを十分理解させた。

Sein eigenes Unternehmen war vor etwa fünf Jahren zusammengebrochen.

彼自身の事業は約5年前に倒産した。

Hin und wieder stand er auf, um den Tisch zu verlassen.

彼は時々立ち上がってテーブルを離れた。

Und er ging zur Kasse seines alten Geschäfts.

そして彼は以前勤めていた会社のレジへ向かいました。

Aus Sentimentalität hatte er die Kasse aufgehoben.

彼は感傷からそのレジを取っておいた。

Gregor hörte, wie er ein schweres und kompliziertes Schloss öffnete.

グレゴールは彼が重くて複雑な錠を開ける音を聞いた。

Und er holte Quittungen und Bücher aus der Kasse.

そして金庫から領収書や本を取り出しました。

Nachdem er die Gegenstände an sich genommen hatte, schloss er die Geldkassette wieder ab.

彼は品物を持ち去った後、再び金庫に鍵をかけた。

Gregor hatte seit seiner Gefangennahme keine guten Nachrichten mehr erhalten.

グレゴールは投獄されて以来、良い知らせを聞いていなかった。

Er glaubte, das Geschäft habe seinen Vater in den Ruin getrieben.

彼はその事業のせいで父親が破産したと思った。

Dieser Eindruck war Gregor vom Vater sicherlich vermittelt worden.

父親は確かにグレゴールにそのような印象を与えた。

Und Gregor fragte ihn nie wieder nach den Finanzen.

そしてグレゴールは彼に財政についてそれ以上尋ねることはなかった。

Gregor wollte alles tun, was er konnte, um der Familie zu helfen.

グレゴールは家族を助けるためにできる限りのことをしたいと考えていた。

Er wollte ihnen helfen, das geschäftliche Unglück zu vergessen.

彼は彼らがビジネス上の不幸を忘れられるよう手助けしたいと考えていた。

Der Bankrott, der zur völligen Hoffnungslosigkeit führte.

完全な絶望をもたらした破産。

So begann er mit einer ganz besonderen Leidenschaft zu arbeiten.

そこで彼は特別な情熱を持って働き始めました。

Er war quasi über Nacht zum Handelsreisenden geworden.

彼はほぼ一夜にして巡回セールスマンになった。

Davor hatte er lediglich als schlecht bezahlter Angestellter gearbeitet.

それまで彼は低賃金の事務員として働いていた。

Nun boten sich ihm völlig andere Verdienstmöglichkeiten.

今、彼には全く異なる収入機会が与えられました。

Erfolgreiche Verkäufe konnten sofort in Bargeld umgewandelt werden.

販売が成功すれば、すぐに現金化できます。

Das Geld wird natürlich aus seinen Provisionen ausgezahlt.

もちろん、その現金は彼の手数料から支払われます。

Nun konnte Gregor Geld auf den Familientisch bringen.

今やグレゴールは家族の食卓にお金を置くことができるようになった。

Und sie waren erstaunt und erfreut über seinen Verdienst.

そして彼らは彼の収入に驚き、喜びました。

Aber diese schönen Zeiten werden sich nicht wiederholen.

しかし、あの美しい時間は二度と繰り返されることはないだろう。

Sie hatten sich gerade erst an diese schönen Zeiten gewöhnt.

彼らはこの楽しい時間にようやく慣れてきたところだった。

Jeden Zahltag nahm die Familie das Geld dankbar entgegen.

給料日になると、家族は感謝してお金を受け取りました。

Und Gregor war ebenso gern bereit, das Geld herauszugeben.

そしてグレゴールも同様に喜んでお金を渡した。

Doch die im Gegenzug entgegengebrachte herzliche Zuneigung erlosch allmählich.

しかし、その返礼として与えられた温かい愛情は徐々に消えていった。

Nur seine Schwester stand Gregor noch so nahe wie zuvor.

グレゴールと以前と同じように親しかったのは妹だけだった。

Im Gegensatz zu Gregor hatte sie eine tiefe Wertschätzung für Musik.

彼女はグレゴールと違って、音楽に対して深い愛着を持っていた。

Und sie konnte sehr berührend Geige spielen.

そして彼女はバイオリンをとても感動的に演奏することができました。

Gregor plante insgeheim, sie auf eine Musikschule zu schicken.

グレゴールは密かに彼女を音楽学校に送る計画を立てていた。

Er hatte noch nicht entschieden, wie er die Kosten decken würde.

彼はまだ費用をどうやって支払うか決めていなかった。

Aber irgendwie würde er die Kosten decken.

しかし、彼は何らかの方法でその費用を負担するつもりだ。

Gelegentlich unternahmen Gregor und seine Familie Kurztrips.

時々、グレゴールと家族は短い旅行に出かけました。

Gregor und seine Schwester sprachen oft über dieses Thema.

グレゴールと妹はよくその話題を持ち出した。

Es wurde aber immer nur als eine wunderbare Idee erwähnt.

しかし、それは素晴らしいアイデアとしてしか言及されていませんでした。

Sie glaubten nicht wirklich, dass der Traum in Erfüllung gehen könnte.

彼らはその夢が実現できるとは本当に信じていなかった。

Und den Eltern gefielen solche fantasievollen Ambitionen nicht.

そして両親はそのような空想的な野望を好まなかった。

Selbst wenn das Thema ganz harmlos angesprochen wurde.

たとえその話題が非常に無邪気に持ち出されたとしても。

Gregor dachte aber weiterhin an die Musikschule.

しかしグレゴールは音楽学校のことを考え続けました。

Und er hatte vor, das Geschenk am Heiligabend anzukündigen.

そして彼はクリスマスイブにプレゼントを発表するつもりでした。

In seinem jetzigen Zustand wäre das natürlich unmöglich.

もちろん彼の現在の状態ではそれは不可能だろう。

Doch solche Gedanken gingen ihm durch den Kopf.

しかし、そんな考えが彼の頭の中をよぎった。

Und solche Gedanken kamen ihm, während er der Familie zuhörte.

そして、彼は家族の話を聞きながら、そんなことを考えました。

Manchmal war er zu müde, um ihnen weiter zuzuhören.

時々、彼は疲れすぎて聞き続けることができなくなった。

Vor Erschöpfung sank sein Kopf gegen die Tür.

彼は疲れのせいで頭をドアに打ち付けた。

Doch er legte sofort wieder seinen Kopf gegen die Tür.

しかし彼はすぐにまたドアに頭を押し付けた。

Denn selbst das leiseste Geräusch war draußen zu hören.

なぜなら、ほんのわずかな音でも外から聞こえてくるからです。

Und jedes Geräusch, das er machte, brachte die Familie zum Schweigen.

そして彼が何か音を立てると、家族は静まり返ってしまう。

„Was macht er denn jetzt?", fragte der Vater die Familie.

「彼は今何をしているのですか？」父親は家族に尋ねた。

Und er ging zur Tür, um nachzusehen, was das Geräusch verursachte.

そして彼は何の音なのか確かめるためにドアのところへ行きました。

Und dann wurde das unterbrochene Gespräch allmählich wieder aufgenommen.

そして、中断されていた会話は徐々に再開された。

Was der Vater aber sagte, überraschte alle auf positive Weise.

しかし、父親が言ったことは皆を大いに驚かせた。

Gregor erfuhr nun den wahren Stand der Finanzen.

グレゴールは今や財政の本当の状況を知った。

Trotz all des Unglücks gab es auch etwas Glück.

あらゆる不幸にもかかわらず、幸運もありました。

Ein kleines Vermögen aus alten Zeiten war noch vorhanden.

昔のほんの少しの財産がまだそこに残っていました。

Der Vater erklärte die Dinge, musste sich aber wiederholen.

父親は説明をしましたが、同じことを繰り返さなければなり

ませんでした。

Weil er sich eine Weile nicht mehr mit diesen Dingen befasst hatte.

なぜなら、彼はしばらくの間、これらの事柄に取り組んでい

なかったからです。

Und weil die Mutter solche Dinge nicht verstand.

そして母親はそのようなことを理解していなかったからです

。

Die Zinssätze der Bank waren etwas gestiegen.

銀行の金利が少し上がった。

Das unberührte Geld hatte sich stärker erhöht als erwartet.

手つかずのお金が予想以上に増えた。

Darüber hinaus hatte Gregor ihnen immer seine Ersparnisse gegeben.

さらに、グレゴールはいつも彼らに貯金を与えていた。

Er hatte nur wenige Gulden für sich behalten.

彼は自分のためにほんの数ギルダーだけ残していた。

Und sein Geld war auch noch nicht vollständig aufgebraucht.

そして彼のお金もまだ完全には使い果たされていなかった。

Zusammen hatte sich dieses Geld zu einem kleinen Kapital angesammelt.

このお金が集まって小さな資本になりました。

Gregor nickte hinter seiner Tür eifrig zu der Nachricht.

グレゴールはドアの後ろにいて、その知らせに熱心にうなずいた。

Er war erfreut über diese unerwartete Vorsicht und Sparsamkeit.

彼はこの予想外の慎重さと倹約に喜んだ。

Die überschüssigen Mittel hätten zur Tilgung der Schulden verwendet werden können.

余剰資金は債務の返済に充てられたはずだ。

Dann hätten sie dem Chef nichts mehr geschuldet.

そうすれば、彼らはもはや上司に対して何も借りがなくなるでしょう。

Und Gregor hätte schon viel früher eine neue Stelle annehmen können.

そしてグレゴールはもっと早く新しい仕事に移ることができたはずだ。

Aber so, wie der Vater es arrangiert hatte, war es jetzt viel besser.

しかし、父親のやり方は今ではずっと良くなっていました。

Das Geld reichte nicht ganz zum Leben von den Zinsen.

そのお金は利子だけで生活するには十分ではありませんでした。

Und ein Teil des Geldes musste für Notfälle zurückgelegt werden.

そして、緊急事態に備えていくらかのお金を取っておく必要
がありました。

Das Geld hätte nur für ein oder zwei Jahre gereicht.

それは1、2年分だけのお金だったでしょう。

Das bedeutete, dass jemand Geld verdienen musste, damit sie leben konnten.

つまり、彼らが生活していくためには誰かがお金を稼がなけ
ればならないということです。

Der Vater war nicht krank und er war stark genug.

父親は健康に問題がなく、十分に強かった。

Doch er war seit mehr als fünf Jahren arbeitslos.

しかし、彼は5年以上も失業していた。

Und aufgrund seines Alters hatte er kaum noch Selbstvertrauen.

そして、年齢のせいで、彼にはほとんど自信が残っていませ
んでした。

Er hatte in letzter Zeit auch deutlich an Gewicht zugenommen.

彼は最近体重もかなり増えていた。

Sein Leben war stets mühsam und erfolglos gewesen.

彼の人生は常に困難と失敗に満ちていた。

Und dies war der erste Urlaub, den er je verbracht hatte.

そして、これが彼にとって生まれて初めての休日だった。

Und da er nicht beschäftigt war, war er ziemlich ungeschickt geworden.

そして、忙しくしていなかったため、彼はすっかり不器用に
なってしまった。

Wäre es besser, wenn die alte Mutter das Geld verdienen würde?

年老いた母親がそのお金を稼いだほうが良いでしょうか？

Die alte Mutter, die an Asthma litt.

喘息を患っていた年老いた母親。

Die alte Mutter, die Mühe hatte, die Treppe hinaufzugehen.

階段を上るのに苦労する老いた母親。

Die alte Mutter, die ihre Zeit damit verbrachte, auf dem Sofa zu liegen.

ソファーに横になって時間を過ごしていた年老いた母親。

Die alte Mutter, die es vorzog, am Fenster zu sitzen.

窓のそばにいることを好んだ年老いた母親。

Damit sie bei Bedarf durchatmen konnte.

必要なときに息を整えることができるように。

Wäre es besser, wenn die jüngere Schwester das Geld verdienen würde?

妹がそのお金を稼いだ方が良いでしょうか？

Die Schwester, die mit siebzehn Jahren noch ein Kind war.

妹は17歳で、まだ子供でした。

Die Schwester, die nur wenige, bescheidene Freuden hatte.

ほんの少しのささやかな楽しみしか持たない妹。

Die Schwester, die am liebsten Geige spielte.

主にバイオリン演奏を楽しんでいた妹。

Sie wusste, dass ihr bisheriger Lebensstil sehr beneidenswert war;

彼女は、自分の以前の生き方がとてもうらやましいものだと

知っていました。

Sich schick anziehen, ausschlafen, im Haushalt helfen.

きちんとした服装をし、遅く起き、家事を手伝います。

Das Gespräch drehte sich oft um die Notwendigkeit, Geld zu verdienen.

会話はしばしばお金を稼ぐ必要性に移りました。

Gregor war immer der Erste, der die Tür losließ.

グレゴールはいつも最初にドアから手を離した。

Das Gespräch erfüllte ihn mit Scham und Trauer.

その会話で彼は恥ずかしさと悲しみで胸が熱くなった。

Also warf er sich auf das kühle Ledersofa.

そこで彼は涼しい革張りのソファに身を投げ出した。

Und den Rest der Nacht verbrachte er oft auf dem Sofa.

そして彼はよく残りの夜をソファで過ごしました。

Er hat nie wirklich auf dem Sofa geschlafen, auch nicht nachts.

彼は夜もソファで寝ることはほとんどなかった。

Oft kratzte er stundenlang an dem Leder.

彼はしばしば何時間も革をひっかき続けました。

Manchmal schob er den Sessel ans Fenster.

またある時は彼は肘掛け椅子を窓のほうに押しやった。

Allein dies erforderte von seiner Seite einen erheblichen Aufwand.

これだけでも彼は多大な努力を必要としました。

Der Sessel half ihm, auf die Fensterbank zu klettern.

肘掛け椅子のおかげで彼は窓枠の上に這うことができた。

Und von dort aus konnte er sich ans Fenster lehnen.

そしてそこから彼は窓に寄りかかることができた。

Er empfand dabei stets ein großes Gefühl der Freiheit.

彼はこうすることで大きな自由を感じていた。

Vielleicht suchte er nach einem alten, befreienden Gefühl.

たぶん彼は昔の解放感を求めていたのでしょう。

Doch seine Sehkraft war nicht mehr so scharf wie früher.

しかし、彼の視力は以前ほど鮮明ではなくなりました。

Dinge in geringer Entfernung waren verschwommen und undeutlich.

少し離れたところにあるものはぼやけて見えませんでした。

Er konnte das Krankenhaus auf der anderen Straßenseite nicht mehr sehen.

彼はもう道の向こうの病院を見ることはできなかった。

Vorher hatte er den Anblick verflucht, jetzt wollte er ihn sehen.

以前はその景色を呪っていたが、今はそれを見たいと思った。

Er wusste, dass er in der ruhigen, städtischen Charlottenstraße wohnte.

彼は自分が静かで都会的なシャルロッテン通りに住んでいることを知っていた。

Aber vielleicht dachte er, er blicke in die Wüste.

しかし、彼は砂漠を眺めていると思ったかもしれない。

Eine Ödnis, wo grauer Himmel und graue Erde verschmolzen.

灰色の空と灰色の大地が溶け合った荒れ地。

Zweimal bemerkte die aufmerksame Schwester, dass der Stuhl verschoben worden war.

注意深い姉妹は椅子が動いたことに二度気づいた。

Nachdem sie aufgeräumt hatte, schob sie den Stuhl zurück ans Fenster.

片付けが終わると、彼女は椅子を窓のほうに押し戻した。

Und von nun an ließ sie sogar den Fensterflügel offen.

そして、彼女はこれから先、窓のサッシも開けたままにするようになった。

Gregor wünschte sich sehr, er hätte mit seiner Schwester sprechen können.

グレゴールは妹と話ができたらよかったと心から願った。

Er wollte ihr für alles danken, was sie für ihn getan hatte.

彼は彼女がしてくれたことすべてに感謝したかった。

Dann hätte er ihre Dienste leichter toleriert.

そうすれば、彼は彼らの奉仕をもっと容易に容認できただろう。

Doch so wie die Dinge standen, litt er darunter, dass sie ihm half.

しかし、実際は、彼は彼女の援助に苦しんだ。

Die Schwester versuchte natürlich, die Peinlichkeit zu überspielen.

もちろん、妹はその恥ずかしさを隠そうとした。

Und sie tat ihr Bestes, so zu tun, als ob sie sich nicht belastet fühlte.

そして彼女は負担を感じていないふりをしようと最善を尽くしました。

Natürlich musste sie das erst einmal üben.

もちろん、これは彼女が最初に練習しなければならなかったことです。

Und je mehr Zeit verging, desto besser wurde sie darin.

そして時間が経つにつれて、彼女はより上手になっていきました。

Gregor erhielt jedoch auch mehr Zeit, um ihr Täuschungsmanöver zu durchschauen.

しかし、グレゴールにも彼女の偽りの態度を見抜く時間が与えられた。

Schon das Betreten seines Zimmers durch sie war für ihn eine Tortur.

彼女が部屋に入ってくるだけでも彼にとっては試練だった。

Kaum war sie eingetreten, rannte sie direkt zum Fenster.

彼女は入るとすぐに窓に向かってまっすぐ走った。

Sie nahm sich nicht einmal die Zeit, die Tür zu schließen.

彼女はドアを閉める時間さえ取らなかった。

Normalerweise ersparte sie allen den Anblick von Gregors Zimmer.

普段、彼女は誰にもグレゴールの部屋を見せないようにしていた。

Und mit hastigen Händen riss sie das Fenster auf.

そして彼女は急いで手で窓を勢いよく開けた。

Dann atmete sie wieder, als ob sie erstickt wäre.

それから彼女は、まるで窒息していたかのように再び呼吸を
しました。

Die einströmende Luft war kalt, und sie atmete tief durch.

入ってくる空気は冷たく、彼女は深呼吸した。

Dennoch blieb sie noch eine Weile am Fenster stehen.

しかし、彼女はしばらく窓のそばに留まりました。

Mit dieser Routine ängstigte sie Gregor zweimal täglich.

彼女はこの習慣でグレゴールを一日二回怖がらせた。

Während sie im Zimmer war, zitterte er unter dem Sofa.

彼女が部屋にいる間、彼はソファの下で震えていた。

Er wusste, dass sie ihm diese Tortur gern erspart hätte.

彼女は彼にその試練を避けてほしかっただろうと彼は知って
いた。

**Aber sie konnte nicht in dem Zimmer sein, wenn das
Fenster geschlossen war.**

しかし、窓を閉めた状態では彼女は部屋にいることができま
せんでした。

Einmal kam sie etwas früher.

彼女が少し早く来た時もありました。

Vermutlich etwa einen Monat nach Gregors Verwandlung.

おそらくグレゴールの変身から約1か月後です。

Sie hatte sich ein wenig an sein neues Aussehen gewöhnt.

彼女は彼の新しい外見にいくらか慣れてきた。

**Sie hatte also keinen Grund mehr, besonders schockiert zu
sein.**

だから彼女はもう特にショックを受ける理由はなかった。

**Sie fand ihn immer noch regungslos aus dem Fenster
starrend vor.**

彼女は彼がまだ動かずに窓の外を見つめているのに気づいた
。

Er befand sich am schrecklichsten Ort, an dem er hätte sein können.

彼は、考えられる限り最も恐ろしい場所にいた。

Er wäre nicht überrascht gewesen, wenn sie nicht hereingekommen wäre.

彼女が入って来なかったとしても彼は驚かなかっただろう。

Er hinderte sie daran, das Fenster zu öffnen.

そこで彼は彼女が窓を開けるのを阻止した。

Sie verließ schnell wieder das Zimmer und schloss die Tür.

彼女はまた急いで部屋を出て、ドアを閉めた。

Ein Fremder hätte zu allen möglichen Schlussfolgerungen gelangen können.

見知らぬ人なら、さまざまな結論に達することができただろう。

Vielleicht wartete er nur auf die Gelegenheit, sie zu beißen.

おそらく彼は彼女を噛む機会を待っていたのでしょう。

Gregor versteckte sich natürlich sofort unter dem Sofa.

もちろん、グレゴールはすぐにソファの下に隠れました。

Doch er musste bis Mittag warten, bis seine Schwester zurückkehrte.

しかし彼は妹が戻るまで正午まで待たなければなりませんでした。

Und sie wirkte viel unruhiger als sonst.

そして彼女はいつもよりずっと落ち着きがないように見えました。

Ihm wurde klar, dass der Anblick von ihm immer noch unerträglich war.

彼は、自分の姿を見るのがまだ耐えられないことに気づいた。

Der Anblick von ihm würde für sie weiterhin unerträglich bleiben.

彼女にとって、彼の姿を見ることは耐え難いものとなり続けるだろう。

Sie konnte es wahrscheinlich nicht ertragen, auch nur einen Teil von ihm zu sehen.

おそらく彼女は彼のいかなる部分も見ることが耐えられなかったのだろう。

Ein kleines Teil ragte immer unter dem Sofa hervor.

ソファの下から常に小さな部分が突き出ていました。

Eines Tages trug er ein Bettlaken auf dem Rücken zum Sofa.

ある日、彼はベッドシーツを背負ってソファまで運んだ。

Er wollte verhindern, dass sie irgendetwas von ihm sah.

彼は彼女に自分のいかなる部分も見られたくないと思っていた。

Er richtete das Bettlaken so aus, dass er vollständig verdeckt war.

彼は自分の体全体が隠れるようにベッドシーツを整えた。

Selbst wenn sie sich bückte, könnte sie ihn nicht sehen.

たとえ彼女がかがんだとしても、彼を見ることはできないだろう。

Für Gregor dauerte die gesamte Arbeit mehr als drei Stunden.

グレゴールはこの作業全体に3時間以上を要した。

Möglicherweise hielt sie das Bettlaken für überflüssig.

彼女はベッドシーツは不要だと思ったのかもしれない。

Sie hätte gewusst, dass er das Bettlaken nicht wollte.

彼女は彼がベッドシーツを欲しがっていないことを知っていたはずだ。

Er tat es zu ihrem Wohlbefinden und nicht für sich selbst.

彼は自分のためではなく、彼女の慰めのためにそうしていたのです。

Und sie hätte das Bettlaken abnehmen können, wenn sie gewollt hätte.

そして彼女は、もし望めばベッドシーツを外すこともできたでしょう。

Aber sie ließ das Bettlaken dort, wo Gregor es hingelegt hatte.

しかし彼女はベッドシーツをグレゴールが置いた場所にそのまま残しました。

Und Gregor glaubte sogar, einen dankbaren Blick erhascht zu haben.

そしてグレゴールは、感謝の表情さえ見せてくれたような気がした。

Er hatte das Bettlaken vorsichtig mit dem Kopf angehoben.

彼は頭を使ってベッドシーツをそっと持ち上げた。

Er wollte herausfinden, ob seiner Schwester die Vereinbarung gefiel.

彼は妹がその取り決めを気に入っているかどうか知りたかった。

Die ersten zwei Wochen waren für die Eltern am schwierigsten.

最初の2週間は両親にとって最も大変でした。

Sie brachten es nicht übers Herz, hereinzukommen und ihn zu sehen.

彼らは中に入って彼に会う気にはなれなかった。

Er belauschte in dieser Zeit viele ihrer Gespräche.

このとき、彼は彼らの会話の多くを耳にした。

Sie nahmen alles, was die Schwester tat, voll und ganz zur Kenntnis.

彼らは妹がしていたことをすべて全面的に認めました。

Auch wenn sie früher oft verärgert über sie waren.

彼女に対して、彼らはよくイライラしていたのに。

Weil sie ein ziemlich nutzloses Mädchen gewesen zu sein schien.

なんだか、役立たずな女の子に見えたから。

Nun warteten sie auf der anderen Seite des Raumes.

今、部屋の反対側で待っていたのは彼らだった。

Und sie war es, die den Raum betrat, um alles zu erledigen.

そして、部屋に入ってすべてをやるのは彼女でした。

Sobald sie herauskam, wollten sie alles wissen.

彼女が出てくるとすぐに、彼らはすべてを知りたがった。

Sie musste ihnen genau beschreiben, wie das Zimmer aussah.

彼女は彼らに部屋がどのような様子かを正確に伝えなければ

なりませんでした。

„Was hat Gregor gegessen? Wie hat er sich diesmal verhalten?"

「グレゴールは何を食べたの？今回はどんな様子だった？」

„War vielleicht eine leichte Verbesserung zu bemerken?"

「少しでも改善が見られましたか？」

Die Mutter war übrigens tatsächlich mutiger.

ちなみに、母親のほうが実は勇敢だった。

Und natürlich war es ihr eigener Sohn im Zimmer.

そしてもちろん、部屋の中にいたのは彼女自身の息子でした

。

Sie wollte Gregor eigentlich schon bald besuchen.

彼女は実は、かなり早くグレゴールを訪ねたかった。

Doch der Vater und die Schwester hielten sie zunächst zurück.

しかし、当初、父親と妹は彼女を阻止した。

Sie brachten sehr rationale Argumente dafür vor, dass sie nicht gehen sollte.

彼らは彼女が行かないようにと非常に合理的な主張をした。

Gregor hörte ihren Argumenten sehr aufmerksam zu.

グレゴールは彼らの論議に非常に注意深く耳を傾けた。

Und er akzeptierte die Argumentation genauso wie seine Mutter.

そして彼も母親と同じようにその理屈を受け入れた。

Später musste sie jedoch mit Gewalt zurückgehalten werden.

しかし、その後、彼女は強制的に引き止められてしまいました。

"Lasst mich zu Gregor hinein, er ist mein unglücklicher Sohn!"

「グレゴールのところへ入れてくれ、彼は私の不幸な息子なんだ！」

"Verstehst du denn nicht, dass ich ihn aufsuchen muss?"

「私が彼に会いに行かなければならないことが分からないのですか？」

Gregor ließ sich ebenfalls von den Argumenten seiner Mutter überzeugen.

グレゴールも母親の議論に説得された。

Vielleicht hatte sie recht; es wäre gut, wenn sie hereinkäme.

おそらく彼女は正しかった。彼女が入ってくると良いだろう。

Ihn jeden Tag zu besuchen, wäre viel zu viel.

毎日彼に会いに来るのはあまりにも多すぎるだろう。

Aber ihn vielleicht einmal pro Woche zu sehen, könnte genügen.

でも、週に一度彼に会えば十分かもしれません。

Sie versteht die Dinge vielleicht viel besser als die Schwester.

彼女は妹よりも物事をずっとよく理解しているかもしれない
。

Trotz all ihres Mutes war sie doch nur ein Kind.

彼女はとても勇敢だったが、それでもまだ子供だった。

Vielleicht war es kindliche Unbekümmertheit, die sie dazu veranlasste, diese Aufgabe anzunehmen.

おそらく子供らしい無謀さが彼女にその任務を引き受けさせたのでしょう。

Doch Gregors Wunsch, seine Mutter wiederzusehen, ging bald in Erfüllung.

しかし、母親に会いたいというグレゴールの願いはすぐに叶いました。

Tagsüber hielt sich Gregor vom Fenster fern.

グレゴールは昼間は窓から離れていた。

Dies tat er aus Rücksicht auf seine Eltern.

彼は両親に対する配慮からそうしたのです。

Er hatte nicht viel Platz, um auf dem Boden herumzukriechen.

彼には床の上を這い回れるほどのスペースがほとんどなかった。

Es fiel ihm schwer, nachts still zu liegen.

彼は夜中にじっと横たわっているのが難しいと感じた。

Das Essen bereitete ihm nicht einmal mehr die geringste Freude.

食べることはもはや彼に少しも喜びを与えなかった。

Natürlich musste er sich irgendwie ablenken.

もちろん彼は気を紛らわす何らかの方法を見つけなければなりませんでした。

Um sich die Zeit zu vertreiben, kletterte er die Wände rauf und runter.

彼は楽しむために壁を上ったり下りたりした。

Und er kroch auch kopfüber an der Decke entlang.

そして彼もまた、天井に沿って逆さまに這っていきました。

Besonders glücklich war er, als er von der Decke hing.

特に天井からぶら下がっている時は幸せそうでした。

Es war etwas völlig anderes, als auf dem Boden zu liegen.

床に横たわるのとは全く違いました。

In dieser Position fiel ihm das Atmen deutlich leichter.

彼はこの姿勢の方が呼吸がずっと楽だと気づいた。

Ein leichtes, aber angenehmes Kribbeln durchfuhr seinen Körper.

わずかだが心地よい振動が彼の体に伝わった。

Manchmal gab er sich seinem Glück sogar zu sehr hin.

時々、彼は幸せのあまりリラックスしすぎることさえありました。

Manchmal ließ er sich ablenken und ließ die Decke los.

彼は時々気を取られて、天井から手を離してしまいました。

Und zu seiner eigenen Überraschung landete er wieder auf dem Boden.

そして、驚いたことに彼は地面に着地したのです。

Aber er hatte seinen Körper deutlich besser unter Kontrolle als zuvor.

しかし、彼は以前よりもずっとうまく体をコントロールできるようになりました。

So verletzte er sich nun nicht mehr bei so heftigen Stürzen.

だから、彼は今回、そんな大きな落下で怪我をすることはなかったのです。

Die Schwester bemerkte sofort Gregors neue Freude.

妹はすぐにグレゴールの新たな喜びに気づいた。

Und dort, wo er gekrochen war, waren Klebstoffreste zu sehen.

そして彼が這った場所には接着剤の跡が残っていました。

Auch hier dachte die Schwester an Gregors Wohlbefinden.

ここでも、シスターはグレゴールの健康について考えました
。

Vielleicht würde er mehr Platz zum Herumkriechen begrüßen.

おそらく彼は、這い回れるスペースがもっとあれば喜ぶだろ
う。

Und der Gedanke hatte sich fest in ihrem Kopf verankert.

そしてその考えは彼女の頭の中にしっかりと定着した。

Einige der großen Möbelstücke behinderten seine Bewegungsfreiheit.

いくつかの大きな家具が彼の自由な動きを妨げていた。

Da er nicht mehr arbeitete, brauchte er den Schreibtisch nicht mehr.

彼はもう働いていなかったので、その机は必要なかった。

Und die Schachtel nahm auch mehr Platz ein als nötig. ***

そして、箱は必要以上にスペースを占有していました。***

Die Schwester war nicht in der Lage, diese Dinge allein zu bewegen.

妹は一人でこれらのものを移動させることができませんでし
た。

Natürlich wagte sie es nicht, den Vater um Hilfe zu bitten.

もちろん彼女は父親に助けを求める勇気はなかった。

Das Dienstmädchen hätte ihr sicherlich auch nicht geholfen.

メイドもきっと彼女を助けなかっただろう。

Das neue Dienstmädchen war tatsächlich ein Jahr jünger als sie.

新しいメイドさんは実は彼女より一歳年下だった。

Sie hatte mutig die Rolle der ehemaligen Magd übernommen.

彼女は勇敢にもかつてのメイドの役割を引き受けた。

Doch ein Privileg wollte sie unbedingt haben.

しかし、彼女がどうしても欲しい特権が一つありました。

Sie wollte die Küche stets verschlossen halten.

彼女は台所を常に施錠しておきたかった。

Daher blieb der Schwester nichts anderes übrig, als ihre Mutter zu fragen.

それで妹は母親に尋ねるしか選択肢がありませんでした。

Unter Freudenschreien kam die Mutter herbei, um zu helfen.

母親は興奮して喜びの叫び声をあげながら助けに来ました。

Doch an der Tür zu Gregors Zimmer verstummte sie.

しかし彼女はグレゴールの部屋のドアの前で黙ってしまった。

Die Schwester überprüfte, ob im Zimmer alles in Ordnung war.

姉は部屋の中のすべてが順調であるかどうかを確認した。

Gregor hatte das Bettlaken hastig noch straffer gezogen.

グレゴールは急いでベッドシーツをさらにきつく引っ張った。

Obwohl das Bettlaken immer noch willkürlich angeordnet aussah.

ベッドシーツはまだランダムに配置されているように見えました。

Erst dann ließ sie ihre Mutter ins Zimmer.

そして、そのとき初めて彼女は母親を部屋に入れることを許した。

Gregor verzichtete auch darauf, unter dem Laken hervorzuspähen.

グレゴールもシーツの下から覗き込むのを控えた。

Er beschloss, diesmal auf einen Besuch bei seiner Mutter zu verzichten.

彼は今回は母親に会うのをやめることにした。

Gregor war schon froh genug, dass sie überhaupt gekommen war.

グレゴールは彼女が入ってきただけで十分嬉しかった。

„Komm herein, du kannst ihn nicht sehen", sagte die Schwester.

「さあ、中に入ってください。彼は見えませんよ」と姉は言った。

Gregor nahm an, dass sie ihre Mutter an der Hand führte.

グレゴールは彼女が母親の手を引いて歩いているのだと思った。

Dann hörte er, wie die beiden schwachen Frauen die Möbel verrückten.

そのとき、彼は二人の弱々しい女性が家具を動かす音を聞いた。

Die Schwester schien den größten Teil der Arbeit für sich zu beanspruchen.

妹は仕事のほとんどを自分のものだと主張しているようだった。

Ihre Mutter befürchtete, sie würde sich überanstrengen.

彼女の母親は彼女が無理をしてしまうのではないかと心配した。

Doch die Schwester schenkte diesen Warnungen keine Beachtung.

しかし、姉はこれらの警告に耳を傾けませんでした。

Doch auch nach fünfzehn Minuten ging es nur sehr langsam voran.

しかし、15分経っても進歩は非常に遅かった。

Es war ihnen nicht gelungen, die Möbel weit zu bewegen.

彼らは家具をあまり遠くまで移動させることができなかった。

Langsam beschlich sie ein Gefühl der Niederlage.

彼らは徐々に敗北感を感じ始めていた。

Die Mutter war die Erste, die die Sinnlosigkeit eingestand.

最初に無益であることを認めたのは母親だった。

"Vielleicht wäre es besser, die Schachtel hier zu lassen."

「箱はここに置いておいた方がいいかもしれませんね。」

„Die Kiste ist zu schwer, als dass wir sie noch viel weiter bewegen könnten.“

「箱は重すぎるので、これ以上運ぶことはできません。」

„Und wir werden nicht fertig sein, bevor dein Vater eintrifft.“

「そして、あなたのお父さんが来るまで終わらないわよ。」

„Wenn wir die Kiste hier lassen würden, würde das seinen Weg nur noch mehr versperren.“

「ここに箱を置いておくと、彼の行く手を阻むことになる。

Und können wir sicher sein, dass wir ihm damit einen Gefallen tun?

「そして、私たちが彼のために尽力していると確信できるでしょうか?」

Sie begannen zu glauben, dass das Gegenteil durchaus der Fall sein könnte.

彼らはその逆が真実かもしれないと考え始めた。

Der Anblick der leeren Wand lastete schwer auf ihrem Herzen.

何もない壁の光景が彼女の心に重くのしかかった。

Was spricht dagegen, dass Gregor das auch so empfinden würde?

グレゴールも同じように感じないと言えるでしょうか?

„Er hat sich bereits an die Möbel in seinem Zimmer gewöhnt.“

「彼はすでに自分の部屋の家具に慣れています。」

„In einem leeren Zimmer könnte er sich noch verlassener fühlen.“

「誰もいない部屋では、さらに見捨てられたと感じるかもしれない。」

Ihre Stimme war inzwischen fast zu einem Flüstern gesunken.

この時までに彼女の声はほとんどささやくような声になっていた。

Sie wusste tatsächlich nicht, wo sich Gregor genau aufhielt.

彼女は実際にはグレゴールの正確な居場所を知らなかった。

Sie wollte nicht einmal, dass er ihre Stimme hörte.

彼女は彼に自分の声さえ聞かせたくなかった。

Obwohl sie sich sicher war, dass er sie nicht verstand.

彼女は彼が自分の言っていることを理解していないと確信していた。

„Würde es nicht so aussehen, als hätten wir ihn völlig aufgegeben?"

「私たちは彼を完全に諦めてしまったように思われませんか？」

"Wird er nicht das Gefühl haben, dass wir ihn mit der Situation allein lassen?"

「彼は私たちが彼を一人ぼっちで対処させようとしていると感じないでしょうか？」

„Wir sollten den Raum genau so verlassen, wie er war."

「部屋はそのままの状態で出て行くべきです。」

„Irgendwann wird Gregor zu uns zurückkehren, so wie er war."

「やがてグレゴールは以前のように私たちのところに戻ってくるでしょう。」

„Dann wird er feststellen, dass alles noch an seinem Platz ist."

「そうすれば、すべてがまだ元の場所にあることに気づくで
しょう。」
„Und er wird die Übergangszeit viel leichter vergessen."
「そして彼は中間期間をずっと簡単に忘れるでしょう。」
Als Gregor diese Worte hörte, begriff er etwas.
グレゴールはこれらの言葉を聞いて、あることに気づいた。
Sein Verstand war in den letzten zwei Monaten verwirrt
worden.
彼の心はここ2か月間混乱していた。
Der Mangel an menschlicher Interaktion hatte ihm nicht
gutgetan.
人間との交流の欠如は彼にとって良くなかった。
Er brauchte das eintönige Leben im Kreise seiner Familie
wirklich.
彼には家族に囲まれた単調な生活が本当に必要だった。
Warum sonst hätte er eine solch unsinnige Forderung
gestellt?
そうでなければ、なぜ彼はそのような無意味な要求をしたの
でしょうか?
Welchen Sinn sollte es denn haben, sein Zimmer zu
räumen?
彼の部屋を空にすることに、一体どんな意味があったのだろ
うか?
Das gemütliche Zimmer war mit geerbten Möbeln
eingerichtet.
受け継がれた家具が備わった快適な客室。
Warum sollte er diese bekannte Wärme in eine Höhle
verwandeln wollen?
なぜ彼はこの既知の暖かさを洞窟に変えたいのでしょうか?
Eine Höhle, in der er ungestört in alle Richtungen kriechen
konnte.
あらゆる方向に安心して這い進むことができる洞窟。

Doch in einer Höhle vergaß er rasch seine menschliche Vergangenheit.

しかし、洞窟の中で彼は人間としての過去を急速に忘れてしまった。

Er fragte sich, ob er schon kurz davor war, alles zu vergessen.

彼は、自分がすでに忘れかけているのではないかと思わずにはいられなかった。

Die Stimme seiner Mutter hatte ihn aufgerüttelt und seine Erinnerung wachgerufen.

母親の声に揺さぶられて彼は思い出した。

Die Stimme, die er so lange nicht gehört hatte.

彼が長い間聞いていなかった声。

Nichts durfte entfernt werden; alles musste bleiben.

何も削除されるべきではなく、すべてはそのまま残されなければなりませんでした。

Die Möbel wirkten sich positiv auf seinen Zustand aus.

その家具は彼の状態に良い影響を与えた。

Und ohne diesen Anker zur Vergangenheit konnte er nicht zurechtkommen.

そして彼は、過去へのこの拠り所なしでは対処できなかった。

Die Möbel hinderten ihn daran, sinnlos herumzukriechen.

家具のおかげで彼は無意識に這い回ることができませんでした。

Das war aber kein Verlust, sondern vielmehr ein großer Vorteil.

しかし、それは損失ではなく、むしろ大きな利点でした。

Leider hatte die Schwester eine ganz andere Meinung.

残念ながら、妹は全く異なる意見を持っていました。

Sie war gewissermaßen zu einer Sprecherin Gregors geworden.

彼女はある意味グレゴールの代弁者のような存在になっていた。

Natürlich war ihre Meinung nicht völlig unberechtigt.

もちろん彼女の意見が全く根拠がないわけではない。

Doch der Meinung ihrer Mutter musste hier widersprochen werden.

しかし、ここで彼女の母親の意見は否定されなければなりませんでした。

Es war nicht nur die Kiste, die nun entfernt werden musste.

取り外す必要があったのは箱だけではありませんでした。

Sein Schreibtisch und der Kleiderschrank konnten ebenfalls nicht bleiben.

彼の机とワードローブも残すことができませんでした。

Das Einzige, was unverzichtbar war, war das Sofa.

唯一欠かせないものはソファでした。

Sie hat diese Entscheidung nicht aus kindischem Trotz getroffen.

彼女はただ子供っぽい反抗心からそう決めたのではない。

Es lag auch nicht an ihrem erst kürzlich gewonnenen Selbstvertrauen.

それは彼女が最近得た自信でもありませんでした。

Das neue Selbstvertrauen, das sie hatte, trieb sie an, so hart für den Sieg zu arbeiten.

勝つために一生懸命努力したからこそ、彼女は新たな自信を得たのです。

Auch wenn niemand erwartet hatte, dass sie dazu in der Lage sein würde.

誰も彼女がそれをできるとは思っていなかったのに。

Gregor brauchte tatsächlich viel Platz zum Kriechen.

グレゴールは這うために本当にたくさんのスペースを必要と
しました。

**Die Möbel schränkten den ihm zur Verfügung stehenden
Raum zusätzlich ein.**

家具のせいで、彼が使える部屋は狭くなってしまった。

Sie konnte diese Dinge besser sehen als die Mutter.

彼女はこれらのことを母親よりもよく理解することができま
した。

**Aber vielleicht spielte auch ihre romantische Ader eine
Rolle.**

しかし、おそらく彼女のロマンチックな精神も役割を果たし
たのでしょう。

**Mädchen in diesem Alter entwickeln oft eine gewisse
Begeisterung.**

その年頃の女の子は、ある種の熱意を持つようになることが
多いです。

**Und sie verspüren das Bedürfnis, ihren Willen
durchzusetzen, wann immer es ihnen möglich ist.**

そして彼らは、できる限り自分の思い通りにする必要性を感
じています。

Vielleicht wollte sie ihn deshalb heimlich sabotieren.

おそらくこれが、彼女が密かに彼を妨害したかった理由でし
ょう。

**Noch furchterregender ist er, wenn er an den Wänden
entlangkriecht.**

壁を這う姿はさらに恐ろしい。

Die Eltern trauten sich nicht mehr, das Zimmer zu betreten.

両親はもう部屋に入る勇気がなかった。

Sie wäre tatsächlich die alleinige Betreuerin ihres Bruders.

彼女は本当に弟の唯一の世話人となるでしょう。

Sie ließ sich von ihrer Mutter nicht umstimmen.

彼女は母親の説得に従わなかった。

Gregors Mutter fühlte sich in dem Zimmer bereits unwohl.

グレゴールの母親は部屋の中ですでに不安を感じていた。

Sie hörte bald auf zu sprechen und half ihrer Tochter erneut.

彼女はすぐに話すのをやめ、再び娘を助けました。

Mit ihren letzten Kräften entfernten sie den Kleiderschrank.

彼らは残った力を振り絞ってワードローブを取り外した。

Auf die Kommode konnte er verzichten.

彼にとって、箪笥はなくてもよかったものだった。

Der Schreibtisch musste aber vorerst dort bleiben.

しかし、当面は机をそのまま残さざるを得ませんでした。

Während die Frauen weg waren, versuchte er, sich einen Überblick über den Raum zu verschaffen.

女性たちがいない間に、彼は部屋の中を調べようとした。

Und Gregor streckte seinen Kopf unter dem Sofa hervor.

そしてグレゴールはソファーの下から頭を出した。

Er musste sehen, was er in dieser Situation tun konnte.

彼はその状況に対して何ができるか考えなければならなかった。

Aber er war so vorsichtig und rücksichtsvoll wie möglich.

しかし、彼は可能な限り注意深く、思いやりを持って行動しました。

Leider war es die Mutter, die zuerst zurückkehrte.

残念ながら、先に帰ってきたのは母親だった。

Grete war noch dabei, den Kleiderschrank im Nebenzimmer umzustellen.

グレーテはまだ隣の部屋でワードローブを動かしていた。

Die Mutter war den Anblick Gregors jedoch nicht gewohnt.

しかし母親はグレゴールの姿に慣れていなかった。

Schon ein flüchtiger Blick auf ihn hätte sie krank machen können.

彼を一目見るだけでも彼女は気分が悪くなるかもしれない。

Gregor eilte rückwärts zum anderen Ende des Sofas.

グレゴールはソファの向こう端まで急いで後ずさりした。

Aber er konnte sich nicht zurücklehnen und das Bettlaken ausbalancieren.

しかし、彼は後ろに下がってベッドシーツのバランスを取ることができませんでした。

Die Bewegung reichte aus, um die Aufmerksamkeit der Mutter zu erregen.

その動きは母親の注意を引くのに十分だった。

Sie hielt inne und verharrte einen kurzen Moment ganz still.

彼女は立ち止まり、ほんの一瞬じっと立っていました。

Dann drehte sie sich um und verließ das Zimmer wieder.

それから彼女は向きを変えて部屋から出て行きました。

Gregor redete sich immer wieder ein, dass nichts Ungewöhnliches passiert sei.

グレゴールは何も異常なことは起こっていないと自分に言い聞かせ続けた。

„Es handelt sich lediglich um ein paar Möbelstücke, die weggebracht wurden.“

「ただ家具が持ち去られただけです。」

Doch schon bald musste er zugeben, dass ihn die Ereignisse mitgenommen hatten.

しかし、彼はすぐにその出来事が自分に影響を与えたことを認めざるを得なかった。

Die Frauen hatten alles, was sie taten, auch gesagt.

女性たちは自分たちがしていることすべてを話していた。

Sie waren im Zimmer auf und ab gegangen.

彼らは部屋の中を行ったり来たり歩き回っていた。

Das Kratzen aller Möbelstücke auf dem Boden.

床に置かれた家具全てが傷つく。

Er hatte das Gefühl, von allen Seiten angegriffen zu werden.

彼は四方八方から攻撃されているように感じた。

Er zog Kopf und Beine so fest wie möglich an.

彼は頭と足をできるだけ強く引き寄せた。

Mit aller Kraft presste er seinen Körper zu Boden.

彼は全力で体を地面に押し付けた。

Er wusste, dass er das alles nicht mehr lange aushalten konnte.

彼は、このすべてを長く耐えることはできないと分かっていた。

Sie räumten sein Zimmer aus und nahmen alles mit, was ihm lieb und teuer war.

彼らは彼の部屋を片付け、彼が愛していたものをすべて奪っていった。

Sie hatten bereits die Kiste mit all seinen Werkzeugen mitgenommen.

彼らはすでに彼の道具が全部入った箱を持ち去っていた。

Nun lockerten sie seinen schweren Schreibtisch vom Boden.

今、彼らは彼の重い机を地面から外していた。

Der Schreibtisch, an dem er nach seiner Rückkehr von der Arbeit gearbeitet hatte.

仕事から帰ってきてから仕事をしていた机。

Der Schreibtisch, an dem er seine Geschäftsaufgaben erledigt hatte.

彼が仕事の課題を書いていた机。

Der Schreibtisch, an dem er in der Sekundarschule seine Hausaufgaben gemacht hatte.

中学校時代に宿題をしていた机。

Ja, diesen Schreibtisch hatte er schon in der Grundschule.

はい、彼は小学校の頃からこの机を持っていました。

Er hatte wirklich keine Zeit, sich von ihren guten Absichten zu überzeugen.

彼には彼らの善意を確認する時間が本当になかった。

Obwohl er beinahe vergessen hatte, dass sie überhaupt da waren.

いずれにせよ、彼は彼らがそこにいたことをほとんど忘れていた。

Weil sie vor Erschöpfung still arbeiteten.

疲労のため、彼らは黙々と作業していたからです。

Sie waren zu müde, um ihre Bewegungen jetzt noch bekannt zu geben.

彼らは疲れすぎて、今行動を発表することができませんでした。

Alles, was er hörte, waren ihre schweren Schritte auf dem Boden.

彼が聞いたのは、床を踏む彼らの重々しい足音だけだった。

Genau in diesem Moment lehnten sie an der Kiste.

ちょうどその時、彼らは箱に寄りかかっていました。

Und da kam Gregor unter dem Sofa hervor.

そのとき、グレゴールがソファの下から出てきました。

Er änderte viermal seine Laufrichtung.

彼は走る方向を4回変えた。

Er konnte sich nicht entscheiden, welcher Gegenstand zuerst gerettet werden musste.

どのアイテムを最初に保存する必要があるかを決めることができませんでした。

Plötzlich richtete sich sein Blick auf die leere Wand.

突然、彼の注意は何も無い壁に引きつけられた。

Alles, was sie ihm hinterlassen hatten, war das Bild der Dame im Pelzmantel.

彼に残されたものは毛皮を着た女性の写真だけだった。

Er kroch zu dem Bild und drückte seinen Körper an sie.

彼は絵のところまで這って行き、彼女の体に体を押し付けた
。

Und sein Körper verdeckte vollständig das Bild.
そして彼の体が絵の視界を完全に覆い隠しました。

Das Glas stützte ihn und kühlte seinen heißen Bauch.
ガラスが彼を支え、熱い腹を慰めてくれた。

Dieses Foto konnte ihm nicht mehr abgenommen werden.
この写真はもう彼から奪うことができませんでした。

Dann wandte er den Kopf zur Wohnzimmertür.
それから彼はリビングルームのドアの方へ頭を向けた。

**Er wollte zusehen, wie die Frauen ins Zimmer
zurückkehrten.**
彼は女性たちが部屋に戻ってくるのを見守るつもりだった。

**Und sie ruhten sich nicht lange aus, bevor sie wieder
zurückkehrten.**
そして彼らは長く休むことなく再び戻ってきました。

**Grete hatte den Arm um ihre Mutter gelegt, um ihr beim
Gehen zu helfen.**
グレーテは母親の腕を抱きかかえ、歩くのを助けた。

**„Was sollen wir denn jetzt nehmen?", fragte Grete und
blickte sich um.**
「さて、何を持っていけばいいでしょうか？」とグレーテは
言い、あたりを見回した。

**Genau in diesem Moment trafen sich ihre Blicke mit
Gregors.**
ちょうどそのとき、彼女の視線がグレゴールの目と合った。

Trotz des Schocks behielt sie die Fassung.
ショックにも関わらず、彼女は平静を保った。

Vermutlich nur wegen der Anwesenheit ihrer Mutter.
おそらくそれは母親の存在のせいだけでしょう。

**Sie neigte ihr Gesicht zu ihrer Mutter und verdeckte ihr die
Sicht.**

彼女は母親のほうに顔を向けて視界を隠した。

Und dann sagte sie, zitternd und gedankenlos:

そして彼女は震えながら、考えもせずにこう言った。

"Kommt schon, sollten wir nicht zurück ins Wohnzimmer gehen?"

「さあ、リビングに戻ろうか？」

Gregor konnte die Absichten der Schwester leicht verstehen.

グレゴールは妹の意図を容易に理解することができた。

Ihre oberste Priorität war es, ihre Mutter in Sicherheit zu bringen.

彼女の第一の優先事項は母親を安全な場所に連れて行くことだった。

Aber dann wollte sie ihn von der Mauer herunterjagen.

しかし、彼女は壁の上から彼を追いかけようとしていたのです。

„Nun, sie kann es ja versuchen!", dachte Gregor bei sich.

「まあ、彼女は確かに挑戦できるだろう！」グレゴールは心の中で思った。

Er behielt sein Bild fest im Blick und gab es nicht her.

彼は自分の絵にしっかりと座り、それを手放さなかった。

Am liebsten wäre er der Schwester ins Gesicht gesprungen.

彼はむしろ妹の顔に飛びかかったほうがよかっただろう。

Doch Gretes Worte hatten ihre Mutter noch mehr beunruhigt.

しかし、グレーテの言葉は母親をさらに心配させた。

Sie trat beiseite, um zu sehen, was vor ihr verborgen wurde.

彼女は自分から何が隠されているのか確かめるために脇に寄った。

Und sie sah den braunen Fleck auf der geblümten Tapete.

そして彼女は花柄の壁紙に茶色いシミがあるのに気づきました
た。

Und sie schrie auf, noch bevor sie merkte, dass es Gregor war.
そして彼女は、それがグレゴールだと気づく前に叫びました
。

"Oh Gott", schrie sie mit ausgestreckten Armen.
「ああ、神様」彼女は両腕を広げて叫んだ。

Und sie sank auf die Couch, als hätte sie aufgegeben.
そして彼女は諦めたかのようにソファに倒れ込んだ。

„Gregor!", rief die Schwester ihm mit erhobener Faust zu.
「グレゴール！」妹は拳を振り上げて彼に向かって叫んだ。

Und sie warf ihm einen langen, harten und durchdringenden Blick zu.
そして彼女は彼を長く、厳しく、鋭い視線で見つめた。

Dies war das erste Mal, dass sie direkt mit ihm gesprochen hatte.
彼女が彼と直接話したのはこれが初めてだった。

Sie rannte ins Nebenzimmer, um Riechsalz zu holen.
彼女は匂い袋を手に入れるために隣の部屋に走って行った。

Sie musste ihre Mutter wieder zum Bewusstsein bringen.
彼女は母親の意識を取り戻さなければなりませんでした。

Gregor wollte helfen, er konnte das Bild später aufbewahren.
グレゴールは手伝いたいと思ったので、後で写真を保存でき
ました。

Doch er war fest an der Glasscheibe festgeklebt.
しかし、彼はガラスの上にしっかりとはまってしまった。

Deshalb musste er sich mit großer Kraft losreißen.
それで彼はかなりの力を使って自分自身を引き離さなければ
なりませんでした。

Auch er rannte in den nächsten Raum, wo sich die Schwester befand.

彼もまた、妹がいた隣の部屋へ走って行きました。

Früher hätte er ihr vielleicht einen Rat geben können.

昔なら彼は彼女に何らかのアドバイスを与えることができただろう。

Doch nun konnte er nichts anderes tun, als tatenlos zuzusehen.

しかし、今彼にできることは、ただ傍観することだけだった。

Sie durchwühlte die Schublade und öffnete verschiedene Flaschen.

彼女は引き出しの中をかき回して、いろいろな瓶を開けた。

Und er erschreckte sie immer noch, als sie sich umdrehte.

そして、彼女が振り向いた時も、彼はまだ彼女を怖がらせました。

Eine Flasche fiel zu Boden, zerbrach und splitterte.

瓶が床に落ちて割れ、粉々になった。

Ein Glassplitter traf Gregor im Gesicht und verletzte ihn.

ガラスの破片がグレゴールの顔に当たり、彼を負傷させた。

Die Flasche hatte eine Art ätzende Flüssigkeit enthalten.

その瓶には何らかの腐食性の液体が入っていた。

Und nun brannte die ätzende Flüssigkeit auf Gregors Gesicht.

そして今、腐食性の液体がグレゴールの顔を焼いていた。

Die Schwester hatte jedoch im Moment keine Zeit für Gregor.

しかし、妹には今のところグレゴールのために時間を割く余裕がなかった。

Sie sammelte so viele Flaschen ein, wie sie tragen konnte.

彼女はできる限り多くのボトルを拾い上げました。

Und sie rannte mit der Medizin zurück zu ihrer Mutter.

そして彼女は薬を持って母親のところへ走って戻りました。

Sie schlug die Tür mit dem Fuß zu und schloss Gregor aus.

彼女は足でドアをバタンと閉めて、グレゴールを締め出した。

Nun war er von seiner möglicherweise sterbenden Mutter abgeschnitten.

彼は今や、死にゆく可能性のある母親と切り離されてしまった。

Wenn er die Tür öffnete, würde er die Schwester verjagen.

もしドアを開けたら、彼は妹を追い払ってしまうだろう。

Aber natürlich musste sie bleiben, um sich um die Mutter zu kümmern.

しかし、もちろん彼女は母親の世話をするために留まらなければなりませんでした。

Es gab für ihn nichts anderes zu tun, als auf sie zu warten.

彼に今できることは彼らを待つことだけだった。

Von Selbstvorwürfen und Angst geplagt, begann er zu kriechen.

自責の念と不安に悩まされ、彼は這い始めた。

Er kroch überall hin; an Wänden, Möbeln, der Decke.

彼は壁、家具、天井などあらゆるところを這っていきました。

Er hatte das Gefühl, als würde sich der ganze Raum um ihn drehen.

彼はまるで部屋全体が自分の周りで回転しているように感じた。

Schließlich fiel er, verzweifelt und schwindlig, wieder zu Boden.

ついに、絶望とめまいで、彼は再び倒れてしまいました。

Und er fiel direkt auf den großen Esstisch.

そして彼は大きなダイニングルームのテーブルの上に落ちてしまいました。

Er lag eine Weile da, betäubt und unfähig sich zu bewegen.

彼はしばらくの間、感覚がなく動くこともできないままそこに横たわっていた。

Er war erschöpft von all dem, was ihm dieser Tag gebracht hatte.

彼はこの日起こったあらゆる出来事で疲れ果てていた。

Es herrschte ringsum Stille, aber vielleicht war das ein gutes Zeichen.

周囲は静かだったが、それは良い兆候だったのかもしれない。

Dann zerriss das Klingeln an der Haustür die Stille.

すると、静寂を破って外のドアベルが鳴った。

Das Dienstmädchen hatte sich natürlich in ihrer Küche eingeschlossen.

もちろん、メイドは自分の台所に鍵をかけていた。

Die Schwester war also die Einzige, die die Tür öffnen konnte.

つまり、ドアを開けることができたのは妹だけだったのです。

„Was ist passiert?", fragte der Vater als Erstes.

「何が起こったんだ？」というのが父親が最初に尋ねたことだった。

Gretes Erscheinung hatte ihm wahrscheinlich alles verraten.

おそらくグレーテの容姿が彼にすべてを物語っていたのだろう。

Gretes Stimme wurde beim Sprechen gedämpft und dumpf.

グレーテは話しているうちに声はくぐもって鈍くなっていった。

Sie muss ihr Gesicht an die Brust ihres Vaters gedrückt haben.

彼女は父親の胸に顔を押し付けていたに違いない。

„Mutter war bewusstlos, aber es geht ihr jetzt besser.“

「お母さんは意識不明だったけど、今は気分が良くなりました。」

„Gregor ist entkommen“, fügte sie hinzu, was er auch erwartet hatte.

「グレゴールは逃げたのよ」と彼女は付け加えたが、彼はそれを予想していた。

"Ich habe dir doch immer gesagt, dass er eines Tages ausbrechen würde."

「彼はいつか逃げ出すだろうと、ずっと言っていたよ。」

„Aber ihr Frauen wolltet mir ja nicht zuhören, nicht wahr?“

「でも、あなたたち女性は私の言うことを聞きたくなかったでしょう？」

Gregor erkannte schnell, wie sein Vater die Dinge sehen würde.

グレゴールはすぐに父親が物事をどう見ているかを悟った。

Er hatte Gretes allzu kurze Nachricht falsch interpretiert.

彼はグレーテのあまりにも短いメッセージを誤解していた。

Er nahm an, Gregor habe eine Gewalttat begangen.

彼はグレゴールが何らかの暴力行為を犯したと推測した。

Gregor musste einen Weg finden, seinen Vater irgendwie zu besänftigen.

グレゴールは何とかして父親をなだめる方法を見つけなければなりませんでした。

Weil er keine Zeit hatte, ihm die Dinge zu erklären.

彼には物事を説明する時間がなかったからです。

Aber er hätte die Dinge ohnehin nicht erklären können.

しかし、いずれにしても彼は物事を説明することができなかったでしょう。

Da flüchtete er zur Tür und drückte sich dagegen.
そこで彼はドアの方に逃げて、ドアに体を押し付けた。

So konnte sein Vater ihn vom Vorzimmer aus sehen.
そうすれば父親は控え室から息子を見ることができた。

Und er würde erkennen, dass er die besten Absichten hatte.
そして彼は、自分が最善の意図を持っていたことがわかるだろう。

Es war nicht nötig, ihn mit einem Besen zurückzudrängen.
ほうきで彼を押し戻す必要はなかった。

Der Vater hätte lediglich die Tür öffnen müssen.
父親がしなければならなかったのはドアを開けることだけだった。

Doch er hatte keine Lust, solche Feinheiten zu bemerken.
しかし、彼はそのような微妙な点に気づく気分ではなかった。

"Da bist du ja!", rief er, sobald er eingetreten war.
「そこにいたよ！」彼は入るなり叫んだ。

Es war, als wäre er gleichzeitig wütend und glücklich.
彼はまるで怒っていると同時に喜んでいるかのようでした。

Er zog den Kopf zurück und blickte zu seinem Vater auf.
彼は頭を後ろに引いて、父親を見上げた。

Er hatte sich seinen Vater nicht so vorgestellt.
彼は父親がこんな風にそこに立っているとは想像もしていなかった。

Doch in letzter Zeit hatte er eine neue Ablenkung gefunden.
しかし、彼は最近、新たな気晴らしを見つけた。

Das Herumkriechen nahm nun einen großen Teil seines Tages ein.

這いずり回ることが彼の一日の大半を占めるようになった。

Zuvor hatte er alle Neuigkeiten in der Wohnung im Blick behalten.

以前、彼はアパート内のあらゆるニュースを記録していました。

Aber in letzter Zeit hatte er nicht mehr so genau darauf geachtet.

しかし、彼は最近それほど注意を払っていなかった。

Er hätte auf Veränderungen vorbereitet sein müssen.

彼は変化に直面する覚悟をしておくべきだった。

Aber war dieser Mann vor ihm noch der Vater?

それでも、目の前のこの男は、まだ父親だったのだろうか？

War er noch derselbe Mann, der früher müde in seinem Bett lag?

彼は、疲れてベッドに横たわっていたあの男と同じ人だったのだろうか？

Als Gregor bereits auf Geschäftsreise war.

グレゴールがすでに出張に出ていたときのこと。

War er derselbe Mann, der ihn abends begrüßte?

彼は夕方に彼に挨拶した同じ男だったのだろうか？

Als er in seinem Morgenmantel in seinem Sessel saß.

彼がガウンを着て肘掛け椅子に座っていたとき。

War er derselbe Mann, der nicht aufstehen konnte, um ihn zu begrüßen?

彼は、彼を迎えるために立ち上がることができなかった同じ男だったのだろうか？

So blieb er sitzen und hob freudig den Arm.

そこで彼は座ったまま、喜びの印として腕を上げました。

War er derselbe Mann, mit dem er gelegentlich spazieren ging?

彼は、時々一緒に散歩に出かける男性と同一人物だったのだろうか？

In seltenen Fällen: an einigen Sonntagen im Jahr oder an Feiertagen.

まれに、年に数回の日曜日、または休日。

War er derselbe Mann, der in seinen Mantel gehüllt herüberkam?

彼はオーバーコートを着て歩いていた男と同一人物だろうか？

Musste er sich langsam zwischen Mutter und ihm vorwärtsarbeiten?

彼は母親と自分の間をゆっくりと前進したのだろうか？

Und sie gingen seinetwegen bereits langsam.

そして彼らはすでに彼のせいでゆっくり歩いていた。

Doch nun stand dieser Mann stark und aufrecht.

しかし今、この男は力強くまっすぐに立っていました。

Er trug eine blaue Uniform mit goldenen Knöpfen.

彼は金ボタンの付いた青い制服を着ていた。

Knöpfe, die die Angestellten der Bankinstitute tragen.

銀行機関の職員が着用するボタン。

Über dem steifen Kragen trat sein markantes Doppelkinn hervor.

硬い襟の上に、彼のたくましい二重あごが現れた。

Unter seinen buschigen Augenbrauen blickten seine schwarzen Augen hervor.

彼のふさふさした眉毛の下の黒い目が外を見つめていた。

Seine Augen wirkten nun durchdringend, frisch und aufmerksam.

今、彼の目は鋭く、新鮮で、機敏に見えました。

Das zuvor zerzauste weiße Haar wurde glatt gekämmt.

乱れていた白い髪が梳かされました。

Und sein Haar hatte nun einen sorgfältigen Mittelscheitel.

そして彼の髪は今や、中央で丁寧に分けられている。

Er warf seinen Hut weg, der mit einem goldenen Monogramm verziert war.

彼は金色のモノグラムがついた帽子を投げた。

Es handelte sich wahrscheinlich um das Monogramm der Bank, für die er arbeitete.

それはおそらく彼が勤務していた銀行のモノグラムだったのでしょう。

Und der Hut landete auf dem Sofa, um später weggeräumt zu werden.

そして帽子はソファの上に置かれ、後でしまっておかれることになりました。

Er schob den Saum der langen Uniformjacke zurück.

彼は制服の長いジャケットの裾を後ろに押し上げた。

Und er steckte seine Daumen in die Hosentaschen.

そして彼はズボンのポケットに親指を入れました。

Und dann ging er mit finsterer Miene auf Gregor zu.

それから、彼は厳しい顔でグレゴールに向かって歩いていった。

Er wusste wahrscheinlich selbst noch nicht, was er vorhatte.

彼はおそらく自分が何を計画しているのかさえ知らなかったのだろう。

Dennoch hob er die Füße ungewöhnlich hoch.

しかし、それにもかかわらず、彼は足を異常に高く上げました。

Gregor staunte über die enorme Größe seiner Stiefel.

グレゴールはブーツの巨大さに驚いた。

Doch dafür blieb wirklich keine Zeit, seine Schuhe zu bewundern.

しかし、彼の靴に驚嘆する時間は本当にありませんでした。

Der Vater hatte sich für eine sehr strenge Disziplin entschieden.

父親は非常に厳しい躾をすることに決めていた。

Für Gregor war nur die größtmögliche Strenge angemessen.

グレゴールには最大限の厳しさだけがふさわしい。

Das wusste er vom ersten Tag seiner Verwandlung an.

彼は変身した最初の日からこれを知っていました。

Er rannte zu seinem Vater und blieb stehen, als dieser stehen blieb.

彼は父親のところまで走り、父親が止まると止まりました。

Als er sich wieder bewegte, huschte er erneut auf ihn zu.

彼が再び動くと、彼は再び彼の方へ走り去った。

Der Vater hielt einen Moment inne, und Gregor tat es ihm gleich.

父親は一瞬立ち止まり、グレゴールも立ち止まった。

Und sobald sich sein Vater bewegte, stürmte er wieder vorwärts.

そして父親が動くとすぐに、彼はまた突進しました。

Auf diese Weise gingen sie mehrmals im Kreis um den Raum.

こうして彼らは部屋の中を何度も回りました。

Bislang hatte noch niemand einen entscheidenden Vorteil errungen.

まだ誰も決定的な優位性を獲得していませんでした。

Man konnte nicht den Eindruck einer Verfolgungsjagd gewinnen.

追跡されているという印象は受けられなかっただろう。

Weil das ganze Geschehen viel zu langsam vonstatten ging.

なぜなら、イベント全体があまりにもゆっくりと進行していたからです。

Gregor hatte beschlossen, am Boden zu bleiben.

グレゴールは地上に留まることに決めていた。

Er hätte die Wände hoch und an der Decke entlanglaufen können.

彼は壁を駆け上がり、天井に沿って走ることもできたでしょう。

Er wollte den Vater aber nicht unnötig provozieren.

しかし、彼は父親を不必要に刺激したくなかった。

Eine solche Flucht hätte besonders verwerflich erscheinen können.

このような逃亡は、特に邪悪なものと思われたかもしれない。

Gregor räumte ein, dass diese Jagd nicht mehr lange dauern könne.

グレゴールはこの追跡が長くは続かないだろうと認めた。

Jeder Schritt erforderte eine Vielzahl von Bewegungen.

一歩ごとに無数の動きが必要でした。

Er begann bereits Atemnot zu verspüren.

彼はすでに息切れを感じ始めていた。

Schon vorher hatte er nie absolut zuverlässige Lungen gehabt.

以前から彼は完全に信頼できる肺を持っていませんでした。

Er taumelte dahin und sparte seine Kräfte für den Lauf.

彼は走るために体力を温存しながら、よろめきながら歩いた。

Er war so müde, dass er die Augen kaum noch offen halten konnte.

彼はとても疲れていたので、目を開けていられなかった。

Seine Gedanken verlangsamten sich zu sehr, um an andere Fluchtmöglichkeiten zu denken.

彼の思考は遅くなりすぎて、他の脱出方法を考えることもできなくなった。

Er hatte fast vergessen, dass ihm die Wände zur Verfügung standen.

彼は壁が利用できることをほとんど忘れていた。

Die Wände waren aber ohnehin hinter Möbeln verborgen.

しかし、壁は家具の後ろに隠れていました。

Und die Möbel wiesen zu viele Kerben und Vorsprünge auf.

そして家具には切り欠きや突起が多すぎました。

Und dann, direkt neben ihm, rollte ein Apfel.

すると、彼のすぐそばに、リンゴが転がっていました。

Ihm wurde klar, dass der Apfel nach ihm geworfen worden sein musste.

リンゴはきっと投げつけられたに違いない、と彼は気づいた。

Doch er hatte keine Zeit zum Nachdenken, da kam schon der nächste Apfel.

しかし、次のリンゴが来る前に、考える暇もありませんでした。

Gregor erstarrte vor Schreck über die neue Strategie seines Vaters.

グレゴールは父親の新たな戦略に衝撃を受けて凍りついた。

Er konnte durch einen Fluchtversuch nichts mehr gewinnen.

彼はもう逃げようとしても何も得られなかった。

Der Vater hatte beschlossen, ihn mit Früchten zu überhäufen.

父親は息子に果物を浴びせることに決めた。

Er hatte sich die Taschen mit Obst aus der Küchenschale gefüllt.

彼はキッチンのフルーツボウルからポケットをいっぱいにしていた。

Ohne besonders darauf zu zielen, warf er Apfel um Apfel.

彼は特に狙うでもなく、次から次へとリンゴを投げ続けた。

Diese kleinen roten Äpfel rollten auf dem Boden herum.

これらの小さな赤いリンゴは地面の上を転がり回りました。

Wie von einem Stromschlag getroffen, stießen die Äpfel aneinander.

まるで電気が走ったかのように、リンゴは互いにぶつかり合いました。

Einer der schwach geworfenen Äpfel streifte Gregors Rücken.

弱々しく投げられたリンゴの一つがグレゴールの背中をかすめた。

Zum Glück für ihn rutschte der Apfel harmlos herunter.

幸いなことに、そのリンゴは滑り落ちて無害でした。

Der anschließend geworfene Apfel traf jedoch genauer.

しかし、その後に投げられたリンゴの方が正確でした。

Und dieser Apfel blieb tief in Gregors Rücken stecken.

そして、このリンゴはグレゴールの背中に深く刺さりました。

Gregor wollte sich vor dem Schmerz davonreißen.

グレゴールはその苦痛から逃れたいと思った。

Vielleicht ließe sich diesem neuen, unvorstellbaren Schmerz entkommen.

もしかしたら、この新たな、信じられないほどの痛みから逃れられるかもしれない。

Vielleicht würde ein Ortswechsel seine Qualen lindern.

おそらく場所を変えれば彼の苦しみは和らぐだろう。

Aber er fühlte sich, als wäre er am Boden festgenagelt.

しかし、彼は床に釘付けにされたように感じた。

Er streckte sich aus, aber nur aufgrund seiner Verwirrung.

彼は手を伸ばしてしまったが、それは単に混乱していたからだった。

Erst mit seinem letzten Blick sah er, wie sich die Tür öffnete.

彼は最後に一目見て初めてドアが開くのに気づいた。

Die Mutter stürzte vor die schreiende Schwester hinaus.

母親は叫び声をあげる妹の前に飛び出した。

Die Schwester hatte sie ausgezogen, sodass sie nur noch ihr Hemd trug.

姉は彼女の服を脱がせていたので、彼女はシャツ一枚だった。

Sie hatte in ihrer Bewusstlosigkeit Freiraum gebraucht.

彼女は無意識の中で息抜きする空間を必要としていた。

Er sah noch, wie die Mutter auf den Vater zulief.

彼は母親が父親に向かって走っていく様子をまだ見ていた。

Ihre Röcke rutschten einer nach dem anderen zu Boden.

彼女のスカートが次々と地面に滑り落ちた。

Er sah, wie sie auf den Vater zuging und über ihren Rock stolperte.

彼は彼女が父親に近づき、彼女のスカートにつまずくのを見た。

Sie umarmte ihn und bat darum, Gregors Leben zu verschonen.

彼女は彼を抱きしめながら、グレゴールの命を助けるよう懇願した。

In völliger Einheit mit seinem Körper versagte auch sein Augenlicht.

身体と完全に一体化したため、彼の視力は失われた。

Teil Drei

パート3

Gregor litt über einen Monat lang unter der schweren Verletzung.

グレゴールさんは1か月以上にわたって重傷を負った。

Der Apfel steckte fest; niemand wagte es, ihn zu entfernen.

リンゴは埋め込まれたままで、誰もそれを取り出そうとはしませんでした。

Der Apfel blieb als sichtbare Erinnerung in seinem Fleisch zurück.

リンゴは目に見える思い出として彼の肉体に残った。

Der Apfel diente dem Vater aber auch als Erinnerung.

しかし、リンゴは父親への警告としても機能しました。

Ihm wurde klar, dass Gregor nicht wie ein Feind behandelt werden sollte.

彼はグレゴールを敵のように扱うべきではないことに気づいた。

Im Moment mag sein Erscheinungsbild traurig und abstoßend wirken.

現時点では彼の様子は悲しく不快なものとなっているかもしれない。

Aber dennoch war er ein Mitglied ihrer Familie.

しかし、それでも彼は彼らの家族の一員でした。

Der Widerwille musste überwunden und toleriert werden.

その不本意な気持ちは受け入れ、我慢しなければならなかった。

Aufgrund seiner Verletzung könnte seine Beweglichkeit für immer verloren sein.

傷のせいで、彼の運動能力は永久に失われるかもしれない。

Er kroch immer noch in seinem Zimmer herum, aber viel langsamer.

彼はまだ部屋の中を這い回っていましたが、以前よりずっと遅くなっていました。

Kriechen in irgendeiner Höhe war völlig ausgeschlossen.

いかなる高さでも這うことは不可能だった。

Gregor erhielt jedoch eine Form der Entschädigung.

しかし、グレゴールは何らかの形の補償金を受け取りました。

Am Abend wurde ihm die Wohnzimmertür geöffnet.

夕方、リビングルームのドアが彼のために開けられました。

Und er war der Ansicht, dass diese Wiedergutmachungszahlungen vollkommen angemessen seien.

そして彼は、これらの賠償金は完全に適切であると感じました。

Noch vor Einbruch der Dunkelheit begann er, die Tür zu beobachten.

夕方になる前に、彼はすでにドアを監視し始めていた。

Er lag in der Dunkelheit, vom Wohnzimmer aus unsichtbar.

彼はリビングルームからは見えない暗闇の中に横たわっていた。

Er konnte die ganze Familie an dem beleuchteten Tisch sehen.

彼は明かりのついたテーブルに家族全員が集まっているのを見ることができた。

Nun durfte er ihren Gesprächen zuhören.

彼は今や彼らの会話を聞くことを許された。

Dies unterschied sich deutlich von ihrer vorherigen Vereinbarung.

これは彼らの以前の取り決めとはまったく異なっていました
。

Die lebhaften Gespräche vergangener Zeiten waren verstummt.

以前のような活発な会話は終わりました。

Das waren die Gespräche, nach denen er sich immer gesehnt hatte.

これらは彼がかつて切望していた会話だった。

Als er allein in kleinen Hotelzimmern schlief.

彼が小さなホテルの部屋で一人で寝ていたとき。

Als er sich in die feuchte Bettwäsche werfen musste.

湿った布団の中に身を投げ出さなければならなかったとき。

Die Abende verliefen nun meist ruhig und ereignislos.

しかし、今では夕方はほとんど静かで何も起こらない。

Der Vater schlief nach dem Abendessen in seinem Sessel ein.

父親は夕食後、肘掛け椅子で眠ってしまった。

Und Mutter und Schwester ermahnten einander zur Stille.

そして母親と妹は互いに静かにするように促し合った。

Die Mutter beugte sich weit über die Lampe und nähte Leinen.

母親は明かりの上に深く身を乗り出して、リネンを縫ってい
ました。

Sie entwirft jetzt Kleider für eines der Modegeschäfte.

彼女は現在、あるファッションストアのためにドレスを製作
しています。

Wie Gregor hatte auch die Schwester eine Stelle als Verkäuferin angenommen.

グレゴールと同じように、妹も販売員として働いていた。

Sie lernte abends Stenografie und Französisch.

彼女は夜に速記とフランス語を学んでいました。

Damit sie später vielleicht eine bessere Arbeitsstelle bekommen könnte.

そうすれば、彼女は将来、もっと良い仕事に就けるかもしれない。

Manchmal wachte der Vater von seinem abendlichen Nickerchen auf.

時々、父親は夕方の昼寝から目覚めることもあった。

"Liebling, du nähst heute schon so lange!"

「ダーリン、今日はもう長いこと縫い物をしていたね！」

Er schien vergessen zu haben, dass er geschlafen hatte.

彼は寝ていたことを忘れていたようだ。

Doch er fiel sofort wieder in seinen Schlaf zurück.

しかし、彼はすぐにまた眠りに落ちた。

Und Mutter und Schwester lächelten einander müde an.

そして母と妹は互いに疲れたように微笑んだ。

Der Vater hatte eine seltsame neue Sturheit entwickelt.

父親は奇妙な新たな頑固さを身につけていた。

Selbst zu Hause weigerte er sich, seine Dieneruniform auszuziehen.

彼は家でも使用人の制服を脱ぐことを拒否した。

Und sein Morgenmantel hing nutzlos am Kleiderbügel.

そして彼のガウンは役に立たずにハンガーに掛かっていた。

So schlief der Vater, vollständig bekleidet, in seinem Sessel.

それで父親は服を着たまま、肘掛け椅子で眠った。

Es war, als ob er immer bereit wäre, seinen Dienst zu leisten.

まるで彼はいつでも奉仕する準備ができているかのようだった。

Als ob er nur auf die Stimme seines Vorgesetzten gewartet hätte.

まるで上司の声を待っていたかのようだった。

Dies führte dazu, dass seine Uniform an Sauberkeit verlor.

その結果、彼の制服は清潔さを失ってしまいました。

Obwohl die Uniform auch nicht neu war, als er sie bekam.

もっとも、彼が制服を手に入れたときも、その制服は新品ではなかった。

Und die Mutter tat ihr Bestes, um die Uniform zu pflegen.

そして母親は制服の手入れに全力を尽くしました。

Gregor verbrachte ganze Abende damit, diese Uniform anzusehen.

グレゴールは一晩中この制服を眺めていた。

Er beobachtete, wie der alte Mann äußerst unbequem schlief.

彼は老人がひどく不快に眠っているのを見ていた。

Doch im Schlaf bemerkte er auch etwas Friedliches.

しかし、彼は眠っている間に、何か平和なものにも気づきました。

Als die Uhr zehn schlug, versuchte die Mutter, ihn zu wecken.

時計が10時を打ったとき、母親は息子を起こそうとした。

Sie sprach leise und überredete ihn, ins Bett zu gehen.

彼女は静かに話し、彼に寝るように説得した。

Denn auf dem Sessel zu schlafen war kein richtiger Schlaf.

なぜなら、肘掛け椅子で寝るのは本当の睡眠ではないからです。

Er musste um sechs Uhr mit der Arbeit beginnen.

彼は6時に仕事を始めなければならなかった。

Deshalb musste er unbedingt so gut wie möglich schlafen.

だから彼は本当に、できる限り良い睡眠をとる必要があったのです。

Doch er war von einer neuen Form der Sturheit ergriffen.

しかし、彼は新たな形の頑固さにとらわれていた。

Die Tatsache, dass er Diener geworden war, hatte begonnen, diese Wirkung auf ihn zu haben.

召使になることが彼にこのような影響を及ぼし始めていた。

Deshalb bestand er immer darauf, länger am Tisch zu bleiben.

それで彼はいつもテーブルに長く留まろうと主張した。

Obwohl er regelmäßig wieder in seinem Sessel einschlief.

彼はまた定期的に椅子に座ったまま眠り込んでしまった。

Und er ließ sich nur mit größter Mühe bewegen.

そして、彼は非常に困難を伴ってのみ移動させることができた。

Man musste ihm erklären, dass das Bett besser für ihn wäre.

ベッドのほうが彼にとって良いだろうと告げられなければならなかった。

Mutter und Schwester mussten nachdrücklich darauf bestehen, oft mit nur wenigen Vorwarnungen.

母と妹は少し警告しながら主張しなければなりませんでした。

Fünfzehn Minuten lang schüttelte er nur langsam den Kopf.

15分間、彼はただゆっくりと首を振っていた。

Und er hielt die Augen geschlossen und weigerte sich aufzustehen.

そして彼は目を閉じたまま、起き上がることを拒否しました。

Die Mutter zupfte sanft, aber bestimmt an seinem Ärmel.

母親は息子の袖を優しく、しかししっかりと引っ張った。

Und sie flüsterte ihm schmeichelhafte Worte in seine müden Ohren.

そして彼女は彼の疲れた耳にお世辞の言葉をささやいた。

Die Schwester unterbrach ihre Arbeit, um ihrer Mutter zu helfen.

妹は母親を手伝うために、自分がしていた仕事を放棄した。

Doch keiner ihrer Versuche zeigte Wirkung beim Vater.

しかし、彼らの努力はどれも父親には効果がなかった。

Er sank noch tiefer in seinen Stuhl, bereit zum Schlafen.

彼は眠る準備をして、椅子にさらに深く沈み込んだ。

Und schließlich packten ihn die Frauen unter den Achseln.

そしてついに、女性たちは彼の脇の下をつかんだ。

Er öffnete die Augen und blickte sie abwechselnd an.

彼は目を開けて交互にそれらを見た。

„Was für ein Leben!", klagte er beim Zubettgehen.

「なんて人生だ」と彼は寝床に就きながら不満を漏らした。

"Ist das der Frieden, der mir im Alter zuteilwurde?"

「これが老後に与えられた安らぎなのだろうか？」

Doch dann stützte er sich auf die beiden Frauen und stand unbeholfen auf.

しかし、彼は二人の女性に寄りかかりながら、ぎこちなく立ち上がった。

Er tat so, als trüge er die schwerste Last.

彼はまるで最も重い重荷を背負っているかのように振る舞った。

Er ließ sich von den beiden Frauen bis ans andere Ende des Raumes führen.

彼は二人の女性に部屋の端まで案内してもらった。

Dort wünschte er ihnen eine gute Nacht und ging dann allein weiter.

そこで彼は彼らにおやすみなさいを告げ、一人で歩き続けた。

Doch die Mutter warf hastig ihr Nähzeug hin.

しかし、母親は慌てて裁縫道具を投げ捨てました。

Und auch die Schwester legte den Stift und den Notizblock beiseite.

そして妹もペンとメモ帳を置きました。

Und sie liefen hinter dem Vater her, um ihm weiter zu helfen.

そして彼らは父親をさらに助けるために後ろを走りました。

Wer in dieser überarbeiteten Familie hatte schon Zeit für Gregor?

この働きすぎの家族の中で、誰がグレゴールのために時間を割けるだろうか？

Wer hätte ihm mehr Aufmerksamkeit schenken können als nötig?

誰が彼に必要以上の注目を向けただろうか？

Das Haushaltsbudget wurde zunehmend eingeschränkt.

家計の予算はますます厳しくなっていった。

Um Geld zu sparen, mussten sie schließlich das Dienstmädchen entlassen.

結局、お金を節約するためにメイドを解雇しなければなりませんでした。

Sie wurde durch eine stämmige, weißhaarige Frau ersetzt.

彼女の代わりとなったのは、骨太で白髪の女性だった。

Diese Frau kam jedoch nur morgens und abends.

しかし、この女性は朝と夕方にしか来ませんでした。

Und die schwerste und härteste Arbeit wurde ihr aufgehoben.

そして、最も重くて大変な仕事はすべて彼女のために残されました。

Alle anderen Hausarbeiten wurden von der Mutter erledigt.

その他の家事はすべて母親が担当しました。

Es kam sogar vor, dass verschiedene Familienschmuckstücke verkauft wurden.

家宝のさまざまな品々が売られることもあった。

Schmuck, den die Frauen bei Feierlichkeiten mit Freude getragen hatten.

女性たちが祝賀会の際に喜んで身につけていた宝石。

Gregor erfuhr dies in einer der allgemeinen Diskussionen.

グレゴールは一般的な議論の1つからこれを知りました。

Die größte Beschwerde betraf jedoch etwas anderes.

しかし、最大の不満は別の点でした。

Die Wohnung war zu groß, aber sie konnten nicht ausziehen.

アパートは大きすぎたが、彼らは引っ越すことができなかった。

Es gab keine Möglichkeit, Gregor umzusiedeln.

グレゴールを移住させることは不可能だった。

Gregor erkannte jedoch, dass es nicht nur um Rücksichtnahme ging.

しかしグレゴールは、それが単なる配慮ではないことに気づいた。

Etwas anderes hielt sie davon ab, woanders hinzuziehen.

何か他のものが、彼らがどこか別の場所へ移動することを阻止した。

Er hätte problemlos in einer geeigneten Kiste transportiert werden können.

適切な箱に入れて簡単に輸送できたはずです。

Ihre Gefühle völliger Hoffnungslosigkeit hielten sie zurück.

完全な絶望感によって彼らは立ち止まった。

Sie wollten sich nicht eingestehen, dass sie vom Unglück getroffen worden waren.

彼らは不幸が自分たちに襲いかかったことを認めたくなかった。

Was die Welt von armen Menschen verlangt, das haben sie erfüllt.

世界が貧しい人々に要求していることを彼らは満たした。

Der Vater holte dem kleinen Bankangestellten das
Frühstück.

父親は小さな銀行員のために朝食を持ってきた。

Die Mutter opferte sich für die Wäsche von Fremden auf.

母親は他人の洗濯のために自分を犠牲にした。

Die Schwester rannte hin und her, um die Bestellungen der
Kunden aufzunehmen.

姉は客の注文のためにあちこち走り回っていた。

Aber sie hatten einfach nicht mehr die Kraft, irgendetwas
weiter zu tun.

しかし、彼らにはそれ以上のことをする力が残っていなかっ
たのです。

Die Wunde in Gregors Rücken schmerzte nun noch mehr.

グレゴールの背中の傷はさらに痛み始めた。

Jeden Abend brachten Mutter und Schwester den Vater ins
Bett.

毎晩、母と妹が父親をベッドに連れて行きました。

Sie ließen ihre Arbeit liegen und setzten sich zusammen.

彼らは仕事をそのままにして、一緒に座りました。

Und sie rückten näher zusammen und saßen Wange an
Wange.

そして彼らはさらに近づき、頬を寄せ合って座りました。

Die Mutter zeigte auf das Zimmer, von dem aus er zusah.

母親は彼が見ていた部屋を指さした。

"Würdest du die Tür schließen?", fragte sie die Schwester.

「ドアを閉めてもらえますか」と彼女は妹に尋ねた。

Und dann war Gregor wieder allein in der Dunkelheit.

そしてグレゴールは再び暗闇の中に一人残されました。

Und im Nebenzimmer vermischten die Frauen ihre Tränen.

そして隣の部屋で、その女性は二人の涙を混ぜ合わせた。

Oder sie saßen mit trockenen Augen da und starrten einfach
nur auf den Tisch.

あるいは、涙も流さずにただテーブルを見つめて座っていた
。

Gregor schlief kaum, weder nachts noch tagsüber.
グレゴールは夜も昼もほとんど眠らなかった。

Er dachte oft darüber nach, wie er der Familie helfen könnte.
彼はどうすれば家族を助けることができるかを頻繁に考えて
いた。

Er dachte darüber nach, das Geld wieder für sie zu verdienen.
彼は彼らのためにもう一度お金を稼ぐことを考えた。

Er dachte darüber nach, das zu tun, was er früher für sie getan hatte.
彼は以前彼らのためにしていたことをやろうと考えた。

In seinen Gedanken erschien der Bevollmächtigte wieder.
彼の考えの中に、代表者が戻ってきた。

Und dieses Mal kam auch der Chef in die Wohnung.
そして今度は上司もアパートに来ました。

Und die Angestellten und die Lehrlinge waren auch da.
店員や見習いたちもそこにいました。

Sogar der etwas begriffsstutzige Büroangestellte kam, um ihn zu sehen.
鈍い事務員も彼に会いに来た。

Es waren zwei oder drei Freunde aus anderen Branchen dabei.
他の業界の友人も2、3人いました。

Eine der Zimmermädchen aus einem Hotel in der Provinz.
地方のホテルで働くメイドの一人。

Eine kostbare und flüchtige Erinnerung, an der er festzuhalten versuchte.
彼が大切でつかの間の思い出を守ろうとした。

Eine Kassiererin aus einem Hutgeschäft, für die er Absichten hatte.

彼が好意を抱いていた帽子店のレジ係。

Doch er war etwas zu langsam gewesen, um ihre Zustimmung zu gewinnen.

しかし、彼女の承認を得るには、彼は少し遅すぎた。

Sie alle tauchten in seinen Gedanken auf, vermischt mit Fremden.

彼ら全員が、見知らぬ人々と混じって彼の思考の中に現れた。

Und andere erschienen nicht; sie waren bereits vergessen.

そして、他のものは現れず、すでに忘れ去られていました。

Aber sie halfen weder ihm noch seiner Familie.

しかし彼らは彼を助けず、その家族も助けなかった。

Sie waren unzugänglich, und er war froh, als sie weg waren.

彼らは近づきがたい存在だったので、彼らが去ったとき彼は嬉しかった。

Er war nicht immer in der Stimmung, sich Sorgen um die Familie zu machen.

彼はいつも家族のことを心配する気分ではなかった。

Und er war voller Wut über die mangelnde Aufmerksamkeit.

そして彼は注目されないことに激怒した。

Und er konnte sich nichts vorstellen, worauf er Appetit hätte.

そして彼は自分が食べたいものを何も想像できなかった。

Doch er schmiedete trotzdem Pläne, in die Speisekammer einzubrechen.

しかし、彼はまだ食料貯蔵室に侵入する計画を立てていました。

Und er würde sich alles nehmen, was ihm zustand.

そして彼は、自分が当然得るべきものをすべて受け取るつもりだった。

Die Schwester bemühte sich nicht mehr besonders um ihn.

妹はもう彼のために特別な努力をしなくなった。

Sie verschwendete keine Zeit mehr damit, darüber nachzudenken, wie sie ihm gefallen könnte.

彼女はもう彼を喜ばせることについて考える時間を費やさなくなった。

Vor der Arbeit schob sie schnell etwas zu essen ins Zimmer.

仕事の前に彼女は急いで食べ物を部屋に運び込んだ。

Und am Abend kehrte sie die Essensreste schnell wieder zusammen.

そして夕方になると、彼女はまた急いで食べ物を掃き集めました。

Ob er gegessen hatte oder nicht, bemerkte sie nicht mehr.

彼が食べたかどうかは、彼女はもう気にしなかった。

In den meisten Fällen blieb das Essen nun unberührt.

今では食べ物がそのまま残されることがほとんどです。

Abends huschte sie immer noch schnell durch den Raum.

彼女は夕方になると相変わらず部屋中を素早く掃除した。

Doch nun tat sie nur das Nötigste, und zwar so schnell wie möglich.

しかし今、彼女はできるだけ早く、最低限のことをしました。

An den Mauern zogen sich Spuren von Schmutz entlang.

壁に沿って汚れの筋が残っていました。

Auf dem Boden lagen Staub- und Müllklumpen.

ほこりやゴミの塊が床に放置されていました。

Gregor missbilligte ihre Nachlässigkeit.

グレゴールは彼女の無関心に対して不満を示した。

Er drehte sich in einem besonders markanten Winkel.

彼は特に大きな角度で体を回転させた。

Aber er hätte wochenlang in dieser Position bleiben können.

しかし、彼は何週間もその地位に留まることができたはずだ
。

Seine Schwester hätte seine Unzufriedenheit nicht bemerkt.

彼の妹は彼の不満に気づかなかっただろう。

Sie sah den Dreck genauso gut wie er, wenn nicht sogar besser.

彼女は彼と同じくらい、いや、それ以上に汚れをよく見ていた。

Aber sie hatte beschlossen, den Dreck dort zu lassen, wo er war.

しかし彼女は、土をそのままにしておくことに決めました。

Damals entwickelte sie eine völlig neue Sensibilität.

その時彼女は全く新しい感性を身につけた。

Sie hatte es sich zur Aufgabe gemacht, Gregors Zimmer zu reinigen.

彼女はグレゴールの部屋の掃除を自分の仕事にしていた。

Die Familie war von ihrer freundlichen Rücksichtnahme sehr berührt.

家族は彼女の優しい心遣いに感動した。

Einst hatte die Mutter sein Zimmer gründlich gereinigt.

一度、母親が息子の部屋を徹底的に掃除したことがありました。

Erst nachdem sie mehrere Eimer Wasser verbraucht hatte, gelang es ihr.

彼女は数杯の水を使ってようやく成功した。

Die neu aufgetretene Feuchtigkeit im Zimmer schadete Gregor jedoch.

しかし、部屋の新たな湿気はグレゴールに悪影響を及ぼした
。

Und er lag breitbeinig, verbittert und regungslos auf dem Sofa.

そして彼はソファの上に、苦々しい表情でじっと横たわって
いた。

Doch das war nur ihre erste Strafe für ihre Hilfeleistung.

しかし、それは彼女を助けたことに対する最初の罰に過ぎま
せんでした。

**Die Schwester bemerkte schnell die Veränderung in
Gregors Zimmer.**

妹はすぐにグレゴールの部屋の変化に気づいた。

Und sie rannte, zutiefst beleidigt, ins Wohnzimmer.

そして彼女はひどく侮辱された気分でリビングルームに走っ
て行きました。

**Ihre Mutter hob die Hände und versuchte, sie zu
beschwören.**

母親は両手を挙げて、彼女に懇願しようとした。

**Doch trotz einer aufrichtigen Erklärung brach sie in Tränen
aus.**

しかし、誠実に説明したにもかかわらず、彼女は泣き出して
しまった。

**Der Vater erschrak natürlich und fuhr aus seinem Stuhl
hoch.**

父親は当然ながら驚いて椅子から飛び上がってしまいました
。

Und die beiden Eltern schauten fassungslos und hilflos zu.

両親は驚きと無力感に襲われながらそれを見ていました。

Und schließlich gerieten auch ihre Gefühle in Aufruhr.

そしてついには彼らの感情も動揺してしまいました。

Der Vater warf der Mutter vor, was sie getan hatte.

父親は母親の行為を非難した。

**"Du hättest das Zimmer Grete zum Putzen überlassen
sollen."**

「グレーテが掃除できるように部屋を空けておくべきだったよ。」

Grete schrie die Mutter an, weil sie sein Zimmer aufgeräumt hatte.

グレーテは自分の部屋を掃除した母親に怒鳴りました。

„Du darfst sein Zimmer nie wieder putzen!"

「二度と彼の部屋を掃除することは許されないぞ！」

Die Mutter versuchte, den Vater ins Schlafzimmer zu zerren.

母親は父親を寝室に引きずり込もうとした。

Die Schwester blieb zitternd und schluchzend im Zimmer zurück.

妹は震えながら泣きながら部屋に残された。

Und sie hämmerte mit ihren kleinen Fäustchen auf den Tisch.

そして彼女は小さな拳でテーブルを叩きました。

Und Gregor zischte sie alle lautstark vor Wut an.

そしてグレゴールは彼ら全員に向かって怒って大声でシューッと言った。

Warum war niemand auf die Idee gekommen, ihm die Tür zu schließen?

なぜ誰も彼のためにドアを閉めることを考えなかったのでしょうか?

Sie hätten ihm diesen Anblick und Lärm ersparen können.

彼らは彼にこの光景と騒音を見せないようにできたはずだ。

Die Schwester war erschöpft, als sie von der Arbeit nach Hause kam.

妹は仕事から帰宅後、疲れきっていた。

Und die Betreuung von Gregor bedeutete für sie noch mehr Arbeit.

そしてグレゴールの世話をするのは彼女にとってさらに大変な仕事だった。

Das bedeutete aber nicht, dass die Mutter es hätte tun sollen.

しかし、だからといって母親がそうすべきだったというわけではない。

Gregor hingegen sollte nicht vernachlässigt werden.

一方、グレゴールを無視すべきではない。

Aber jetzt hatten sie ein neues Dienstmädchen, das solche Dinge tun konnte.

しかし今、彼らにはそのようなことができる新しいメイドがいたのです。

Eine ältere Witwe mit kräftigem Knochenbau.

がっしりとした骨格を持つ年老いた未亡人。

Eine Statur, die ihr half, ihr schwieriges Leben zu überstehen.

その地位が、彼女の困難な人生を生き抜く助けとなった。

Sie hatte keine wirkliche Abneigung gegen Gregors Erscheinung.

彼女はグレゴールの外見に対して特に嫌悪感を抱いていなかった。

Sie hatte versehentlich die Tür zu Gregors Zimmer geöffnet.

彼女は誤ってグレゴールの部屋のドアを開けてしまった。

Es geschah nicht aus besonderer Neugierde bezüglich des Zimmers.

それはその部屋に対する特別な好奇心からではありませんでした。

Sie tat lediglich ihre Arbeit und öffnete dabei zufällig die Tür.

彼女はただ仕事をしていたのですが、たまたまドアを開けてしまったのです。

Gregor war natürlich völlig überrascht von ihr.

もちろん、グレゴールは彼女に完全に驚かされました。

Er wurde nicht verfolgt, aber er rannte hin und her.

追いかけられてはいなかったが、彼は行ったり来たり走り回っていた。

Und sie verschränkte einfach die Arme und sah ihm beim Krabbeln zu.

そして彼女はただ腕を組んで、彼が這うのを見守っていました。

Seitdem hat sie ihm immer einen Spaltbreit die Tür geöffnet.

それ以来、彼女はいつも彼のために少しだけドアを開けてくれました。

Eines Morgens schaute sie nach ihm, um zu sehen, wie es ihm ging.

ある日の朝、彼女は彼の様子を見るために部屋を覗いた。

Und am Abend sah sie nach ihm, bevor sie ging.

そして夕方、彼女は出発する前に彼の様子を確認した。

Zuerst versuchte sie auch, ihn zu sich zu rufen.

最初、彼女も彼に自分のところに来るように呼びかけようとしました。

„Komm her, du alter Mistkäfer!", pflegte sie zu sagen.

「こっちへおいで、年老いたフンコロガシ！」と彼女はよく言っていました。

Oder sie sagte freundlich: „Schau dir den alten Mistkäfer an!"

あるいは、彼女は「古いフンコロガシを見て！」と親しみを込めて言いました。

Gregor reagierte nie darauf, wenn man so mit ihm sprach.

グレゴールは、そのように話しかけられても決して反応しなかった。

Er blieb stehen, ohne sich zu rühren, und ignorierte sie.

彼は動かずにそこに立ち、彼女を無視した。

„Wenn man ihr doch nur gesagt hätte, wie man ihre Arbeit richtig macht."

「彼女が仕事の正しいやり方を教えられていればよかったのに。」

„Anstatt mich zu belästigen, sollte sie lieber mein Zimmer aufräumen."

「彼女は私に迷惑をかける代わりに私の部屋を掃除するべきだ。」

Eines Morgens prasselte ein heftiger Regenguss gegen die Fenster.

ある日の早朝、激しい雨が窓を叩きました。

Vielleicht war der Regen bereits ein Zeichen für den kommenden Frühling.

もしかしたら、その雨はすでに春の到来を告げていたのかもしれない。

Das Dienstmädchen begann wieder auf diese Weise mit ihm zu sprechen.

メイドはまた同じように彼に話しかけ始めた。

Gregor war so verbittert, dass er sich umdrehte und ihr ins Gesicht sah.

グレゴールは非常に憤慨したので彼女の方を向いた。

Er war langsam und gebrechlich, aber es war eine Art Angriff.

彼は動きが鈍く、虚弱だったが、それは一種の攻撃だった。

Das Dienstmädchen hingegen hatte überhaupt keine Angst vor Gregor.

しかしながら、メイドはグレゴールをまったく恐れていなかった。

Stattdessen hob sie einen Stuhl hoch, der in der Nähe der Tür stand.

代わりに、彼女はドアの近くにあった椅子を持ち上げました。

Und sie stand da, ganz ruhig, mit weit geöffnetem Mund.

そして彼女は口を大きく開けたまま、静かにそこに立っていました。

Ihre Absichten waren klar, das konnte sogar Gregor erkennen.

彼女の意図は明らかで、グレゴールにもそれが分かった。

Und er drehte sich langsam um und kehrte zu seinem ursprünglichen Platz zurück.

そして彼はゆっくりと元の位置に戻りました。

"Sie wollen also nicht näher kommen, oder?"

「じゃあ、もう近づきたくないんだね？」

Und sie stellte den Stuhl leise wieder in die Ecke.

そして彼女は静かに椅子を隅に戻しました。

Gregor aß kaum noch etwas.

グレゴールはもうほとんど何も食べなくなっていた。

Manchmal blieb er bei seinen Rundgängen im Zimmer stehen.

時々、部屋の中を歩き回っていると、彼は立ち止まりました。

Und er befand sich neben dem für ihn zubereiteten Essen.

そして彼は、自分のために用意された食べ物の隣に立っていることに気づいた。

Er steckte sich das Essen in den Mund, aber nur, um damit zu spielen.

彼は食べ物を口に入れましたが、それはただ遊ぶためだけでした。

Und nicht selten spuckte er es nach ein paar Stunden wieder aus.

そして、数時間後にまた吐き出すこともよくありました。

Er versuchte, einen Grund für seinen Appetitverlust zu finden.

彼は食欲不振の原因を見つけようとした。

Vielleicht, weil er mit dem Zustand seines Zimmers unzufrieden war.

おそらく彼は自分の部屋の状態に悲しさを感じていたからでしょう。

Aber er hatte sich mit den Veränderungen im Raum abgefunden.

しかし彼は部屋の変化を受け入れていた。

In letzter Zeit hatte sich sein Zimmer in eine Art Abstellraum verwandelt.

最近彼の部屋は一種の物置のようになっていた。

Sie hatten sich angewöhnt, Dinge dort liegen zu lassen.

彼らはそこに物を置いておく習慣がついていた。

Und nun lagen noch viele solcher Dinge in seinem Zimmer.

そして今では彼の部屋にはそういったものがたくさん残っていた。

Weil ein Zimmer der Wohnung vermietet worden war.

アパートの一室が貸し出されていたからです。

Drei ernsthafte Herren mieteten das Zimmer gemeinsam.

真面目な紳士三人が一緒に部屋を借りていました。

Gregor hat sie einmal durch einen Türspalt erblickt.

グレゴールはかつてドアの隙間から彼らに気づいたことがある。

Sie trugen Vollbärte und waren penibel gekleidet.

彼らは豊かなあごひげを生やし、きちんとした服装をしていた。

Sie achteten penibel darauf, dass alles ordentlich blieb.

彼らはすべてをきちんと整頓しておくことに細心の注意を払っていた。

Ihr Hang zur Ordnung beschränkte sich nicht nur auf ihr Zimmer.

彼らのきれいさへのこだわりは部屋だけに留まらなかった。

Die gesamte Wohnung musste tadellos sauber gehalten werden.

アパート全体を完璧に清潔に保たなければなりませんでした。

Sie legten sogar noch mehr Wert auf das Aussehen der Küche.

彼らはキッチンの見た目についてさらにこだわりを持っていました。

Und unnötigen Unrat konnten sie nicht dulden.

そして彼らは不必要な乱雑さを許容することができませんでした。

Sie hatten auch ihre eigenen Möbel mitgebracht.

彼らは自分たちの家具も持参していました。

Aus diesem Grund waren viele Dinge überflüssig geworden.

このため、多くのものが不要になってしまいました。

Das waren Dinge, für die niemand Geld bezahlen würde.

それらは誰もお金を払おうとしないものでした。

Die Familie wollte diese Dinge aber auch nicht wegwerfen.

しかし、家族もこれらのものを捨てたくありませんでした。

All diese Dinge landeten irgendwo in Gregors Zimmer.

これらすべてはグレゴールの部屋のどこかにありました。

Der Aschenbecher aus der Küche stand nun in seinem Zimmer.

台所の灰箱は今、彼の部屋に保管されていました。

Und der Müll wurde bis zum Abholtag in seinem Zimmer aufbewahrt.

そしてゴミはゴミの日まで彼の部屋に保管されていました。

Das Dienstmädchen warf alles, was sie nicht brauchte, in sein Zimmer.

メイドは必要のないものはすべて彼の部屋に投げ込んだ。

Zum Glück sah er nichts weiter als die Hand und den Gegenstand.

幸いなことに、彼は手と品物以外は何も見ませんでした。

Sie hatte wahrscheinlich vor, die Sachen später abzuholen.

彼女はおそらく後で物を取りに戻ってくるつもりだったのでしょう。

Oder vielleicht wollte sie einfach alles auf einmal wegwerfen.

あるいは、すべてを一気に捨て去りたかったのかもしれません。

Doch alles blieb dort, wo es ursprünglich gelandet war.

しかし、すべては最初に着陸した場所にそのまま残りました。

Es sei denn, Gregor bewegte den Schrott, indem er sich hindurchzwängte.

グレゴールが身をよじってそのゴミを移動させない限りは。

Zuerst musste er sich durch den ganzen Schrott hindurchkriechen.

最初、彼はあらゆるゴミの中を這って進まざるを得ませんでした。

Es gab für ihn keine Möglichkeit, dies zu vermeiden.

彼がそうすることを避けることは不可能だった。

Später fand er jedoch tatsächlich Freude an dieser Tätigkeit.

しかし後に彼は実際にこの活動に喜びを見出しました。

Diese Anstrengung hinterließ ihn jedoch traurig und zutiefst erschöpft.

しかし、そのような努力は彼に悲しみと深い疲労を残しました。

Und danach war er viele Stunden lang bewegungsunfähig.

そしてその後、彼は何時間も動けなくなってしまいました。

Die Untermieter aßen manchmal im Wohnzimmer.

下宿人たちは時々リビングルームで食事をとることもあった。

Die Wohnzimmertür blieb an diesen Abenden geschlossen.

その夜、リビングルームのドアは閉まったままでした。

Gregor hatte aber keine Schwierigkeiten, die Tür jetzt nicht zu öffnen.

しかしグレゴールは今ドアを開けないことに何の困難も感じなかった。

Selbst wenn die Tür offen war, schaute er nicht immer hinaus.

ドアが開いているときでも、彼は必ずしも外を見ているわけではありませんでした。

Doch er legte sich in die dunkelste Ecke des Zimmers.

しかし彼は部屋の最も暗い隅に横たわった。

Auch der Familie fiel seine mangelnde Aufmerksamkeit nicht auf.

家族も彼の不注意に気づかなかった。

Doch einmal ließ das Dienstmädchen die Tür offen.

しかし、メイドさんがドアを開けたままにしていたことが一度ありました。

Die Tür blieb auch dann offen, als die Mieter zurückkehrten.

下宿人が戻った後もドアは開いたままだった。

Und die Tür war offen, als das Licht eingeschaltet wurde.

そして、電気がついたとき、ドアは開いていました。

Der Mann saß an dem Tisch, an dem die Familie zu Abend aß.

その男は家族が夕食をとっていたテーブルに座った。

Vater, Mutter und Gregor saßen dort in früheren Zeiten.

昔、父、母、そしてグレゴールがそこに座っていました。

Sie entfalteten die Servietten und nahmen Messer und Gabeln.

彼らはナプキンを広げ、ナイフとフォークを取りました。

Die Mutter erschien mit einer Schüssel Fleisch in der Tür.

母親が肉の入ったボウルを持って戸口に現れた。

Dann kam die Schwester mit einer Schüssel voller Kartoffeln herein.

すると、姉がジャガイモがいっぱい入ったボウルを持って入ってきました。

Die Untermieter beugten sich über die vor ihnen aufgestellten Schüsseln.

下宿人たちは目の前に置かれたボウルにかがみ込んだ。

Der dichte Rauch des Essens stieg ihnen bis in die Nasen.

食べ物の濃い煙が彼らの鼻まで上がってきた。

Aber sie hatten noch nicht entschieden, ob sie das Essen essen würden.

しかし、彼らはその食べ物を食べるかどうかまだ決めていませんでした。

Vielleicht würden sie das Essen zurück in die Küche schicken.

おそらく彼らは食事をキッチンに送り返すでしょう。

Der Mann in der Mitte schien die Autoritätsperson zu sein.

真ん中に座っていた男が権威者のようだった。

Er schnitt das Fleisch an, um festzustellen, ob es zart genug war.

彼は肉が十分柔らかいかどうかを確認するために肉を切った。

Er war zufrieden mit dem Geruch und Aussehen des Essens.

彼は食べ物の匂いと見た目に満足した。

Die Mutter und die Schwester hatten sie ängstlich beobachtet.

母親と妹は心配そうに彼らを見守っていた。

Und sie begannen zu lächeln, begleitet von einem Seufzer der aufgestauten Erleichterung.

そして彼らは、蓄積された安堵のため息をつきながら微笑み始めた。

Die Familie selbst wollte in der Küche essen.

家族自身はキッチンで食事をするつもりでした。

Doch zuerst ging der Vater nach den Untermietern sehen.

しかし、まず父親は下宿人たちの様子を確認しに行きました。

Er verbeugte sich einmal und hielt dabei seine Arbeitsmütze in der Hand.

彼は仕事用の帽子を手に持ち、一度お辞儀をした。

Und er ging einmal im Kreis um den Tisch herum, zu jedem Gast.

そして彼はテーブルの周りを一周して、それぞれの客のところへ行きました

Die Untermieter standen alle auf und murmelten in ihre Bärte.

下宿人たちは全員立ち上がり、ひげに顔を近づけてぶつぶつ言った。

Nachdem er gegangen war, aßen sie in fast völliger Stille.

彼が去った後、彼らはほとんど沈黙して食事をした。

Gregor fand es seltsam, dass er Kaugeräusche hörte.

グレゴールにとって、咀嚼音が聞こえるのは奇妙に思えた。

Kein anderer Aspekt des Essens schien Geräusche zu verursachen.

食事の他の部分では、音は出ないようでした。

Aber er konnte deutlich hören, wie Zähne aufeinander knirschten.

しかし、彼は歯ぎしりの音をはっきりと聞くことができました。

Sie schienen ihm sagen zu wollen, dass er Zähne zum Essen brauche.

食べるためには歯が必要だと言っているようでした。

"Ohne Zähne im Kiefer kann man gar nichts machen."

「あごに歯がなければ何もできない。」

„Ich möchte etwas essen", sagte Gregor ängstlich.

「何か食べたいな」とグレゴールは心配そうに言った。

„Aber ich habe keinen Appetit auf das, was ihr alle esst."

「でも、皆さんが食べているものには、私は食欲がありません。」

„Seht euch an, wie diese Mieter essen, und ich verhungere hier."

「この下宿人たちが食べているのを見てよ、私は飢えているのに。」

Gregor dachte an diesem Abend zufällig an die Geige.

グレゴールはその晩、ふとバイオリンのことを考えた。

Er hatte die Geige seit der Verwandlung nicht mehr gehört.

彼は変身以来バイオリンの音を聞いていなかった。

Doch dann, an diesem Abend, ertönte ein Geräusch aus der Küche.

ところが、その晩、キッチンから音が聞こえた。

Die Herren hatten ihr Abendessen bereits beendet.

紳士たちはすでに夕食を終えていました。

Der mittlere Herr hatte begonnen, eine Zeitung zu lesen.

真ん中の紳士は新聞を読み始めていた。

Den beiden anderen Herren hatte er jeweils ein Blatt gegeben.

彼は他の二人の紳士にそれぞれ一枚ずつシーツを渡していた。

Und nun lehnten sie sich zurück, lasen und rauchten.

そして今、彼らは背もたれにもたれながら本を読んだりタバコを吸ったりしていた。

Als die Geige zu spielen begann, wurden sie aufmerksam.

バイオリンが演奏し始めると、彼らは注目するようになりました。

Sie standen auf und gingen auf Zehenspitzen zur Tür des Vorzimmers.

彼らは立ち上がり、つま先立ちで控え室のドアまで歩いた。

Hier standen sie eng beieinander und lauschten an der Tür.

そこで彼らは身を寄せ合い、ドアのところで耳を澄ませていた。

Die Familie muss die Männer aus der Küche gehört haben.

家族は台所から男たちの声を聞いたに違いない。

Denn der Vater rief sie und fragte sie:

父親が彼らに呼びかけて尋ねたからです。

"Ist die Geige für die Herren vielleicht unbequem?"

「ヴァイオリンは紳士には不向きでしょうか？」

„Wenn Ihnen die Musik nicht gefällt, können wir sofort aufhören.“

「音楽が気に入らなかったら、すぐにやめてください。」

„Im Gegenteil", sagte der mittlere der beiden Herren.

「その逆だ」と紳士の真ん中の者が言った。

Möchte die junge Dame in unserem Zimmer Geige spielen?

「お嬢様は私たちの部屋でバイオリンを弾いてみませんか？」

„Hier ist es definitiv viel komfortabler und gemütlicher.“

「ここは間違いなくずっと快適で居心地が良いです。」

Der Vater antwortete, als wäre er selbst der Geiger.

父親はまるで自分がバイオリニストであるかのように答えた
。

"Oh bitte, das wäre wunderbar", rief der Vater.
「ああ、どうか、それは素晴らしいことだ」と父親は叫んだ
。

Die Herren kehrten ins Wohnzimmer zurück und warteten.
紳士たちはリビングルームに戻って待った。

Bald darauf kam der Vater mit dem Notenständer ins Zimmer.
やがて父親が譜面台を持って部屋に入ってきた。

Die Mutter kam mit dem Notenbuch ins Zimmer.
母親が楽譜を持って部屋に入ってきた。

Und die Schwester kam mit der Geige ins Zimmer.
そして妹がバイオリンを持って部屋に入ってきた。

Sie bereitete in aller Ruhe alles vor, um Geige zu spielen.
彼女は落ち着いてバイオリンを演奏する準備を整えた。

Die Eltern übertrieben ihre Höflichkeit und ihr Benehmen.
両親は礼儀正しさやマナーを誇張していた。

Sie hatten zuvor noch nie Zimmer an Untermieter vermietet.
彼らはこれまで下宿人に部屋を貸したことがなかった。

Und sie trauten sich nicht einmal, auf ihren eigenen Stühlen zu sitzen.
そして彼らは自分の椅子に座ることさえしませんでした。

Statt sich hinzusetzen, lehnte sich der Vater gegen die Tür.
父親は座る代わりにドアに寄りかかった。

Seine rechte Hand befand sich zwischen zwei Knöpfen seines Mantels.
彼の右手はコートの二つのボタンの間にあった。

Der Mutter wurde jedoch von einem Herrn ein Stuhl angeboten.
しかし、ある男性は母親に椅子を勧めました。

Aber sie setzte sich an die Stelle, wo der Herr den Stuhl hingestellt hatte.

しかし彼女は紳士が椅子を置いた場所に座った。

Und er hatte den Stuhl nicht an einem bestimmten Ort aufgestellt.

そして彼は椅子を特にどこかに置いていませんでした。

So saß die Mutter abseits von allen anderen in einer Ecke.

それで母親はみんなから離れて隅っこに座りました。

Und schließlich begann die Schwester Geige zu spielen.

そしてついに妹はバイオリンを弾き始めました。

Die Eltern auf den gegenüberliegenden Seiten beobachteten das Geschehen aufmerksam.

反対側にいた両親は、熱心に耳を傾けていました。

Und sie beobachteten jede Bewegung ihrer Hand genau.

そして彼らは彼女の手の動きを一つ一つ注意深く観察しました。

Gregor war auch vom Geigenspiel fasziniert.

グレゴールはバイオリンの演奏にも魅了されました。

Und er wagte sich ein Stück weiter aus seinem Zimmer hinaus.

そして彼は部屋から少し外に出て行きました。

Er hatte den Kopf schon im Wohnzimmer.

彼はすでにリビングルームの中に頭を入れていました。

Er war stets sehr stolz darauf, besonders rücksichtsvoll zu sein.

彼はとても思いやりがあることをとても誇りに思っていた。

Doch in letzter Zeit hinterfragte er seine Nachlässigkeit kaum noch.

しかし、最近彼は自分の不注意をほとんど疑わなくなった。

Auch wenn er jetzt mehr Grund hatte, sich zu verstecken als zuvor.

以前よりも隠れる理由が増えたにもかかわらず。

Weil sein Zimmer mit Staub und allerlei Schmutz bedeckt war.

なぜなら彼の部屋は埃やさまざまな汚れで覆われていたからです。

Die geringste Bewegung wirbelte allerlei Schmutz auf.

ほんの少しの動きでも、あらゆる種類の汚物が舞い上がりました。

Der ganze Dreck klebte an ihm: Staub, Haare, Essensreste.

ほこり、髪の毛、食べ物の残骸など、あらゆる汚れが彼に付着していました。

Er hätte den Schmutz am Teppich abreiben können.

彼はカーペットで汚れをこすり落とすこともできたでしょう。

Das tat er mehrmals täglich.

これは彼が毎日何度もやっていたことでした。

Doch seine Gleichgültigkeit gegenüber allem war viel zu groß.

しかし、あらゆることに対する彼の無関心はあまりにも大きすぎた。

Deshalb hatte er keine Angst, noch ein Stück weiterzugehen.

だから彼はもう少し前進することを恐れなかった。

Und er betrat den makellosen Wohnzimmerboden.

そして彼はリビングルームの清潔な床に移動した。

Doch niemand bemerkte ihn oder schenkte ihm Beachtung.

しかし、誰も彼に気づかず、注意も払わなかった。

Die Familie war völlig in das Konzert vertieft.

家族はコンサートに完全に夢中になった。

Die Herren hingegen zogen sich zunächst zurück.

一方、紳士たちは当初は撤退した。

Und sie standen dicht hinter dem Notenständer der Schwester.

そして彼らは姉の譜面台のすぐ後ろに立った。

Wenn sie hingesehen hätten, hätten sie die Noten sehen können.

もし彼らがよく見ていれば、音符が見えたかもしれないのに。

Dies hätte die Schwester natürlich beunruhigt.

もちろん、これは妹を不安にさせたであろう。

Dann blieben sie am Fenster stehen, anstatt sich hinzusetzen.

それから彼らは座るのではなく、窓のそばに立っていました。

Mit den Händen in den Taschen redeten sie weiter.

彼らはポケットに手を入れたまま話し続けた。

Sie blieben dort, während der Vater ängstlich zusah.

父親が心配そうに見守る中、彼らはそこに留まりました。

Man hatte den Eindruck, dass sie andere Erwartungen hatten.

彼らには別の期待があるような印象を受けた。

Und es schien wirklich so, als wären sie enttäuscht gewesen.

そして、彼らは本当にがっかりしたようでした。

Es schien, als hätten sie genug von der Vorstellung.

彼らはそのパフォーマンスに飽きたようだった。

Sie hatten zugelassen, dass die Geige ihren Frieden störte.

彼らはバイオリンが彼らの平穏を乱すのを許していた。

Und sie tolerierten die Musik nur aus Höflichkeit.

そして彼らは礼儀として音楽を許容しただけだった。

Besonders beunruhigend war, wie sie den Rauch wegbliesen.

彼らがどうやって煙を吹き飛ばすのかは特に不安を覚えた。

Und dennoch spielte sie so wunderschön Geige.

それでも彼女はバイオリンをとても美しく弾いていました。

Ihr Gesicht war leicht zur Seite geneigt, auf der Geige.

彼女の顔はバイオリンの上でゆっくりと横に傾いていた。

Ihr Blick wanderte traurig die Notenlinien entlang.

彼女の目は音楽のラインに沿って悲しそうに見つめていた。

Gregor fühlte sich ein wenig mehr ins Wohnzimmer hineingezogen.

グレゴールはリビングルームに少し引き込まれているように感じた。

Er hielt den Kopf dicht am Boden, blickte aber nach oben.

彼は頭を地面に近づけたまま、上を見上げていた。

Vielleicht würde sich so der Blick seiner Schwester mit seinem treffen.

そうすれば妹の視線が彼と合うかもしれない。

Kann man wirklich sagen, dass er nur ein Tier war?

彼は本当にただの動物だったと言えるのでしょうか？

War er etwa ein Tier, wenn ihn Musik so fesseln konnte?

音楽が彼をそこまで魅了できるのなら、彼は動物だったのだろうか？

Er hatte das Gefühl, ihm sei ein Weg zu unbekannter Nahrung gezeigt worden.

まるで未知の栄養への道を示されたかのようでした。

Vielleicht war dies die Nahrung, die ihm fehlte.

おそらくこれが彼が失っていた糧だったのだろう。

Er war fest entschlossen, zu seiner Schwester zu gelangen.

彼は妹のところへ向かう決心をした。

Er wollte an ihrem Rock zupfen, um ihre Aufmerksamkeit zu erregen.

彼は彼女の注意を引くためにスカートを引っ張ろうとした。

Er wollte ihr eine Art Einladung signalisieren.

彼は彼女に招待の兆しを与えたかった。

„Komm und spiel Geige in meinem Zimmer", wollte er
sagen.
「僕の部屋に来てバイオリンを弾いてくれ」と彼は言いたか
った。
Er wollte, dass sie für ihre wunderschöne Musik belohnt
wird.
彼は彼女の美しい音楽に報いてほしいと思った。
"Niemand hier belohnt dich dafür, dass du Geige spielst."
「ここでは誰もバイオリンを弾いても報酬をくれません。」
Er wollte sie nicht mehr aus seinem Zimmer lassen.
彼はもう彼女を部屋から出させたくなかった。
Er wollte, dass sie so lange bei ihm blieb, wie er lebte.
彼は自分が生きている限り彼女が一緒にいてくれることを望
んだ。
Zum ersten Mal hatte seine Verwandlung einen Vorteil.
彼の変身は初めて利益をもたらした。
Seine Missbildung würde ihm nun endlich noch von
Nutzen sein.
彼の障害は、最終的には彼にとって役に立つことになるだろ
う。
Er wollte gleichzeitig an allen vier Türen sein.
彼は同時に4つのドアすべてにいたかったのです。
Er wollte sie von allen Seiten anfauchen und anspucken.
彼はあらゆる角度から彼らに向かってシューッという音を立
てて唾を吐きかけたかった。
Seine Schwester sollte nicht gezwungen werden, bei ihm zu
bleiben.
彼の妹は彼と一緒にいることを強制されるべきではない。
Er wollte, dass sie sich freiwillig dafür entschied, bei ihm zu
bleiben.

彼は彼女が自発的に彼と一緒にいることを選んでほしいと考えていた。

Sie wollte sich neben ihn setzen und sich zu ihm hinunterbeugen.

彼女は彼の隣に座り、彼に寄りかかるつもりだった。

Und er wollte ihr von der Musikschule erzählen.

そして彼は彼女に音楽学校のことを話そうとしていました。

Er hatte die feste Absicht, sie auf die Akademie zu schicken.

彼は彼女をアカデミーに送るという固い意志を持っていた。

Das hätte er allen schon letztes Weihnachten erzählt.

彼は去年のクリスマスにこのことをみんなに話していただろう。

War Weihnachten etwa schon wieder vorbei?

クリスマスは本当にもう終わってしまったのだろうか？

Und er hätte sich von niemandem davon abbringen lassen.

そして彼は誰にもそれを思いとどまらせようとしなかっただろう。

Doch dann setzte das Unglück allem ein Ende.

しかしその後、不幸な事故が起こり、すべてが停止してしまいました。

Die Schwester wäre von ihren Gefühlen überwältigt gewesen.

妹は感極まって圧倒されたことでしょう。

Und dann wäre Gregor bis auf ihre Schulter geklettert.

そしてグレゴールは彼女の肩に登ったであろう。

Und er hätte sie getröstet, indem er ihren Hals geküsst hätte.

そして彼は彼女の首にキスをして慰めたことでしょう。

„Herr Samsa!", rief der Mann in der Mitte dem Vater zu.

「ザムザさん！」真ん中の男が父親に呼びかけました。

Er zeigte mit dem Zeigefinger nach unten auf Gregor.

彼は人差し指を下に向けてグレゴールを指差していた。

Gregor bewegte sich langsam über den Wohnzimmerboden.

グレゴールはリビングルームの床をゆっくりと移動していた
。

Das Geigenspiel verstummte sehr schnell.

バイオリンの演奏はすぐに静かになった。

Der mittlere der drei Männer lächelte seine Freunde an.

3人の男のうち真ん中の男が友人たちに微笑みかけた。

Dann schüttelte er den Kopf und blickte zurück zu Gregor.

それから彼は首を振り、グレゴールのほうを振り返った。

Der Vater hätte Gregor zurück in sein Zimmer schicken können.

父親はグレゴールを強制的に部屋に戻すこともできたはずだ
。

Das war jedoch nicht die erste Maßnahme, zu der er sich entschloss.

しかし、それは彼が最初に決めた行動ではありませんでした
。

Er hielt es für wichtiger, die Herren zu beruhigen.

彼は紳士たちを落ち着かせることの方が重要だと考えた。

Obwohl sie von Gregor eigentlich überhaupt nicht verärgert waren.

彼らはグレゴールに対してまったく動揺していなかったのだ
が。

Gregor schien unterhaltsamer als das Geigenspiel.

グレゴールはバイオリンの演奏よりも面白そうだった。

Er eilte mit ausgestreckten Armen auf sie zu.

彼は両腕を広げて彼らのところへ駆け寄った。

Er gab sein Bestes, um ihren Blick auf Gregor zu verbergen.

彼はグレゴールに対する彼らの見解を隠そうと全力を尽くしていた。

Und er versuchte, sie zur Rückkehr in ihr Zimmer zu bewegen.

そして彼は彼らを部屋に戻るように促そうとした。

Das hat sie eher ein wenig verärgert.

どちらかといえば、これは彼らを実際に少しイライラさせました。

Es war aber schwer zu sagen, was genau sie störte.

しかし、何が彼らを苛立たせているのかを正確に言うのは困難でした。

Der Vater verdarb die abendliche Unterhaltung.

父親は夜の楽しみを台無しにしていた。

Aber sie hatten auch gerade erst von ihrem neuen Mitbewohner erfahren.

しかし、彼らは新しいルームメイトの存在もちょうど知ったばかりだった。

Sie hoben die Hände, genau wie der Vater es getan hatte.

彼らは父親と同じように手を挙げました。

Sie verlangten vom Vater eine sofortige Erklärung.

彼らは父親に直ちに説明を求めた。

Sie zupften unruhig an ihren Bärten, um eine Antwort zu bekommen.

彼らは答えを求めて落ち着きなくひげを引っ張った。

Und sie bewegten sich rückwärts in ihr Zimmer, aber sehr langsam.

そして彼らはゆっくりと自分の部屋へと後退しました。

Die Unterbrechung hatte die Schwester in eine Trance versetzt.

その妨害により、妹は催眠状態に陥った。

Sie ließ Geige und Bogen an ihrer Seite herabhängen.

彼女はバイオリンと弓を脇に垂らした。

Und sie blickte auf die Notenblätter, als ob sie immer noch spielen würde.

そして彼女はまだ演奏しているかのように楽譜を見つめていた。

Doch dann zog sie sich plötzlich wieder ins Zimmer zurück.

しかし、彼女は突然部屋に戻ってきました。

Und sie hatte nun das Gefühl, verloren zu sein, überwunden.

そして彼女は、迷子になったという気持ちを克服した。

Sie legte das Musikinstrument auf den Schoß ihrer Mutter.

彼女は楽器を母親の膝の上に置いた。

Die Mutter saß schwer atmend auf dem Stuhl.

母親は椅子に座り、息を荒くしていた。

Und dann musste die Schwester ins Nebenzimmer rennen.

そして妹は隣の部屋へ走って行かなければなりませんでした。

Sie musste alles für die Herren vorbereiten.

彼女は紳士たちのためにあらゆる準備をしなければならなかった。

Sie warf die Decken und Kissen in die Luft.

彼女は毛布とクッションを空中に投げ上げた。

Und mit ihren geschickten Händen richtete sie die gesamte Bettwäsche her.

そして彼女は熟練した手ですべての寝具を整えました。

Sie war schon fertig, bevor die Herren den Raum erreichten.

紳士たちが部屋に着く前に彼女は仕事を終えた。

Und sie verschwand, bevor sie ihnen in die Quere kam.

そして彼女は彼らの邪魔になる前にこっそりと逃げ出した。

Der Vater schien von seiner eigenen Sturheit beherrscht zu sein.

父親は自分自身の頑固さに囚われているようだった。

Und so vergaß er jeglichen Respekt, den er seinen Mietern schuldete.

そして彼は借家人に対する敬意をすっかり忘れてしまった。

Er drängte und drängte, bis deren Sprecher Einspruch erhob.

彼は、広報担当者が反対するまで押し続けました。

Als er die Tür erreichte, stampfte er wütend mit dem Fuß auf.

彼はドアに着くと怒って足を踏み鳴らした。

Und damit brachte er den Vater zum Schweigen.

そして彼は父親を立ち止まらせた。

„Hiermit erkläre ich", begann er sich an seinen Vermieter zu wenden.

「私はここに宣言します」と彼は家主に話しかけ始めた。

Und er hob die Hand und blickte die ganze Familie an.

そして彼は家族全員を見ながら手を挙げました。

„Hinsichtlich der widerlichen Zustände im Zimmer;"

「部屋の不快な状態に関して」

Und er sorgte dafür, dass alle seinen Worten zuhörten.

そして彼は、皆が自分の言葉に耳を傾けていることを確認しました。

"Hiermit kündige ich meinen Auszug aus meinem Zimmer."

「私はここに部屋を明け渡すことを通知します。」

Und er unterstrich seine Aussage zusätzlich, indem er auf den Boden spuckte.

そして彼は地面に唾を吐いてさらに自分の主張を主張した。

„Auch die Tage, die ich hier gelebt habe, werde ich nicht bezahlen."

「また、私がここで暮らした日々に対しても支払うつもりはありません。」

Mit dieser Rückerstattung war er allerdings nicht ganz zufrieden.

しかし、彼はこの払い戻しに完全に満足していなかった。

„Und ich werde erwägen, weitere Forderungen an Sie zu stellen."

「そして私はあなたに対して他の要求をすることを検討します。」

„Glauben Sie mir, solche Forderungen lassen sich sehr leicht rechtfertigen."

「信じてください、そのような要求を正当化するのは非常に簡単です。」

Er schwieg und blickte den Vater direkt an.

彼は黙って、まっすぐ父親を見つめていた。

Er schien zu erwarten, dass noch etwas passieren würde.

彼はさらに何かが起こることを期待しているようだった。

Tatsächlich hatten seine beiden Freunde sofort die gleiche Idee.

実際、彼の2人の友人もすぐに同じ考えを思いつきました。

„Wir stornieren auch unsere Zimmer", sagten sie unisono.

「私たちも部屋をキャンセルします」と彼らは声を揃えて言った。

Dann packte er den Türgriff und schloss die Tür.

それから彼はドアハンドルを掴んでドアを閉めた。

Und mit einem lauten Knall schlossen sie sich in ihrem Zimmer ein.

そして大きな音を立てて彼らは部屋に閉じこもりました。

Der Vater taumelte mit tastenden Händen zu seinem Stuhl.

父親は手探りで椅子までよろめきながら歩いた。

Und er ließ sich besiegt in den Stuhl fallen.

そして彼は敗北感に襲われ、椅子に倒れ込んだ。

Es sah so aus, als ob er seinen üblichen Abendschlaf halten würde.

いつものように夕方のお昼寝をしているようでした。

Sein Kopf nickte jedoch fast so, als ob er nicht gestützt würde.

しかし、彼の頭はまるで支えられていないかのようにうなずいていた。

Und man konnte sehen, dass er überhaupt nicht schlief.

そして、彼が全く眠っていないことが分かりました。

Während all dem hatte Gregor sich nicht von der Stelle gerührt.

その間ずっと、グレゴールはその場から動かなかった。

Er befand sich noch immer an der Stelle, wo die Herren ihn zuerst gesehen hatten.

彼は紳士たちが最初に彼を見た場所にまだいた。

Selbst wenn er umziehen wollte, fand er es unmöglich.

たとえ引っ越したいと思っても、それは不可能だと分かった。

Entweder aus Enttäuschung oder aus Hunger.

失望のせいか、空腹のせいか。

Er war enttäuscht über das Scheitern seines Plans.

彼は計画が失敗してがっかりした。

Und er war geschwächt von dem anhaltenden Hunger, den er verspürte.

そして彼は、長引く空腹感のせいで衰弱していた。

Er war sich sicher, dass sich jeden Moment alle gegen ihn wenden würden.

彼は誰もが今にも自分に背を向けるだろうと確信していた。

In Erwartung des unmittelbar bevorstehenden Zusammenbruchs wartete er.

彼は、このような崩壊が差し迫っていることを予期しながら待った。

Die Geige begann vom Schoß der Mutter zu rutschen.

バイオリンが母親の膝の上から滑り落ち始めました。

Mit einem ohrenbetäubenden Geräusch fiel die Geige zu Boden.

大きな音とともにバイオリンは地面に落ちた。

Doch selbst dieses plötzliche Krachen ließ ihn nicht erschrecken.

しかし、この突然の衝突音さえも彼を驚かせなかった。

„Liebe Eltern", sagte die Schwester, „so kann es nicht weitergehen."

「親愛なる両親」と妹は言った。「こんなことは続けられません。」

Und um ihrer Aussage Nachdruck zu verleihen, schlug sie mit der Hand auf den Tisch.

そして彼女は自分の意見を主張するためにテーブルに手を叩きつけた。

"Ich werde den Namen meines Bruders vor diesem Monster nicht aussprechen."

「この怪物の前では兄の名前を口にしない。」

„Deshalb sage ich es so deutlich wie möglich:"

「だからこそ、私はできる限り率直にこう言っているのです。」

„Uns bleibt keine andere Wahl, als dieses Tier loszuwerden."

「この動物を駆除する以外に選択肢はない。」

„Wir haben unser Bestes getan, um dieses Tier zu tolerieren und zu pflegen."

「私たちはこの動物を許容し、世話するために最善を尽くしました。」

„Ich glaube nicht, dass uns irgendjemand auch nur im Geringsten die Schuld geben kann."

「誰も私たちを少しも責めることはできないと思います。」

„Sie hat tausendfach Recht", stimmte der Vater zu.

「彼女は1000倍正しい」と父親は同意した。

Die Mutter hatte noch immer nicht wieder richtig Luft bekommen.

母親はまだ完全に息が回復していなかった。

Sie begann dumpf in ihre Hand zu husten und atmete schwer.

彼女は息を荒くしながら、手に鈍く咳き込み始めた。

Und in ihren Augen begann sich ein wahnsinniger Ausdruck abzuzeichnen.

そして彼女の目に狂気の表情が現れ始めました。

Die Schwester eilte zu ihrer Mutter und hielt sich die Stirn.

妹は母親のもとに駆け寄り、母親の額を押さえた。

Der Vater schien von den Worten der Schwester inspiriert zu sein.

父親は妹の言葉に感銘を受けたようだった。

Und seine Gedanken schienen klarer als zuvor.

そして彼の考えは以前よりも明確になっているようでした。

Er hörte auf, mit dem Kopf zu nicken, und setzte sich wieder aufrecht hin.

彼はうなずくのをやめて、再びまっすぐに座った。

Und er spielte, in tiefes Nachdenken versunken, mit der Mütze seines Dieners.

そして彼は、考えにふけりながら、召使いの帽子をいじっていた。

Die Teller der Mieter standen noch auf dem Tisch.

入居者からもらった皿がまだテーブルの上にありました。

Und manchmal blickte er zu dem schweigenden Gregor hinüber.

そして彼は時々、沈黙しているグレゴールの方を見た。

„Wir müssen versuchen, es loszuwerden", sagte die Schwester zu ihm.

「私たちはそれを取り除くよう努力しなければなりません」
と妹は彼に言いました。

Die Mutter war zu sehr mit Husten beschäftigt, um zuzuhören.

母親は咳に気を取られて、聞く気がしなかった。

„Das wird euch beide umbringen, ich sehe es schon kommen."

「君たち二人とも死ぬだろう、もうそれが見えているよ。」

„Wir können nicht alle weiterhin so hart arbeiten wie bisher."

「私たち全員が今と同じように懸命に働き続けることはできない。」

„Und jeden Tag müssen wir nach Hause kommen und diese Qualen erleiden."

「そして私たちは毎日この拷問を受けて家に帰らなければならないのです。」

„Wir können das nicht mehr ertragen. Ich kann das nicht mehr ertragen."

「もう耐えられない。私も耐えられない。」

In einem letzten Tränenausbruch sank sie ihrer Mutter in die Arme.

彼女は最後に涙を流しながら母親に倒れ込んだ。

Die Tränen rannen ihr über das Gesicht und auf das ihrer Mutter.

涙が彼女の顔を伝って母親の顔に落ちた。

Und mit einer mechanischen Bewegung wischte sie sich die Tränen weg.

そして彼女は機械的な動きで涙を拭った。

„Mein Kind", sagte der Vater mitfühlend.

「私の子よ」父親は慈悲深い声で言った。

In seiner Stimme lag tiefes Mitgefühl und Verständnis.

彼の声には深い同情と理解が込められていた。

„Aber was sollen wir tun?", gestand er und gab zu, es nicht zu wissen.

「でも、どうすればいいんですか？」彼は分からないと告白
した。

Die Schwester zuckte nur hilflos mit den Schultern.

妹はただ無力感に肩をすくめるだけだった。

Und ihr anfängliches Selbstvertrauen wich erneut Tränen.

そして、彼女の以前の自信は再び涙に取って代わられました
。

**„Wenn er uns doch nur verstehen würde", sagte der Vater
laut.**

「彼が私たちのことを理解してくれればよかったのに」と父
親は大声で言った。

**Und er fragte sich halb, ob Gregor es vielleicht verstanden
hatte.**

そして彼は、もしかしたらグレゴールが理解しているのかど
うか半ば疑っていた。

Die Schwester schüttelte unter Tränen heftig die Hand.

妹は泣きながらただ激しく手を振った。

**Und so signalisierte sie, dass man diese Idee gar nicht erst in
Erwägung ziehen sollte.**

そして彼女は、その考えは考えるべきではないと合図した。

**„Aber wenn er uns doch nur verstehen würde", wiederholte
der Vater.**

「しかし、彼が私たちのことを理解してくれればよかったの
に」と父親は繰り返した。

**Er schloss die Augen und dachte über die Antwort seiner
Schwester nach.**

彼は目を閉じて妹の答えを考えた。

**"Wenn er verstünde, dass eine Vereinbarung mit ihm
getroffen werden könnte."**

「彼が理解すれば、彼との合意は成立する可能性がある。」

„Aber unter den gegebenen Umständen..."

「でも、現状はこうなっているので…」

„Es muss weg!", rief die Schwester, „es ist der einzige Weg."

「それは消え去らなければなりません」と妹は叫んだ。「それが唯一の方法なのです。」

„Du musst den Gedanken loswerden, dass es Gregor ist."

「グレゴールだという考えを捨てなければなりません。」

„Dass wir das so lange geglaubt haben, ist unser eigentliches Unglück."

「私たちがそれを長い間信じていたことが、私たちの本当の不幸なのです。」

„Aber wie kann es Gregor sein?", fragte sie ihren Vater.

「でもどうしてグレゴールなの？」と彼女は父親に尋ねた。

„Er wusste, dass ein solches Tier nicht mit Menschen zusammenleben kann."

「彼はそのような動物が人間と共存できないことを知っていた。」

„Gregor hätte uns schon längst freiwillig verlassen."

「グレゴールはとっくの昔に、自らの意思で私たちのもとを去っていたはずだ。」

„Das stimmt, dann hätten wir keinen Bruder mehr."

「確かに、そうなると私たちには兄弟がいなくなってしまうわね。」

„Aber wir könnten weiterleben und sein Andenken ehren."

「しかし、私たちは生き続け、彼の記憶を称え続けることができる。」

„Aber dieses Ungeheuer verfolgt uns und vertreibt unsere Pächter."

「しかし、この獣は私たちを追いかけ、農民を追い払うのです。」

„Es will ganz offensichtlich die ganze Wohnung in Besitz
nehmen.“

「明らかにアパート全体を占領しようとしている」

„Dieses Biest will, dass wir auf der Straße schlafen.“

「この獣は私たちを路上で眠らせようとしている。」

"Schau, Vater", rief sie plötzlich, "er bewegt sich schon
wieder!"

「見て、お父さん」と彼女は突然叫びました。「また動いて
いるわよ！」

Und sie tat etwas, das selbst Gregor nicht verstehen konnte.

そして彼女はグレゴールにさえ理解できないことをした。

Sie stieß sich von sich selbst ab, als wolle sie die Mutter
opfern.

彼女はまるで母親を犠牲にするかのように、自分を押しのけ
た。

Und sie rannte hinter ihrem Vater her, um sich in Sicherheit
zu bringen.

そして彼女は何らかの安全を求めて父親の後ろを走りました
。

Der Vater war nur deshalb so aufgebracht, weil seine
Tochter es war.

父親が動揺したのは、娘が動揺していたからに過ぎなかった
。

Doch dann stand auch er auf und hob die Arme über sie.

しかし、彼もまた立ち上がり、彼女の上に腕を上げました。

Gregor hatte jedoch keinerlei Absicht gehabt,
irgendjemanden zu erschrecken.

しかしグレゴールは誰かを怖がらせるつもりはなかった。

Er hatte insbesondere nicht die Absicht, seine Schwester zu
erschrecken.

彼は特に妹を怖がらせようなどとは思っていなかった。

Er wollte sich gerade umdrehen und zurück in sein Zimmer gehen.

彼はただ自分の部屋に戻ろうとしていただけだった。

Doch in seinem sich verschlechternden Zustand war selbst das schwierig.

しかし、彼の容態は悪化しており、これも困難でした。

Und er konnte seine Beine nicht mehr vollumfänglich nutzen.

そして彼はもう両足を完全に動かすことができませんでした。

Also benutzte er seinen Kopf, um seinen Körper anzuheben und sich umzudrehen.

そこで彼は頭を使って体を持ち上げ、向きを変えました。

Er hielt inne und suchte in der Familie nach deren Zustimmung.

彼は立ち止まり、家族の承認を得るために周囲を見回した。

Seine guten Absichten schienen erkannt worden zu sein.

彼の善意は認められたようだ。

Seine Bewegung hatte sie nur kurzzeitig erschreckt.

彼の行動は彼らにとってほんの一瞬の衝撃だった。

Nun blickten sie ihn alle in unglücklichem Schweigen an.

今、彼らは皆、不満げな沈黙の中で彼を見つめていた。

Die Mutter lag noch immer erschöpft im Sessel.

母親は疲れ果ててまだ肘掛け椅子に横たわっていた。

Vater und Schwester saßen nebeneinander.

父親と妹は隣同士に座っていました。

»Vielleicht lassen sie mich jetzt umdrehen«, dachte Gregor.

「今度こそ彼らは僕に方向転換を許してくれるかもしれない」とグレゴールは思った。

Und er setzte seine unbeholfene Drehbewegung fort.

そして彼はぎこちない回転動作を続けた。

Er konnte die gelegentlichen Atemzüge der Anstrengung nicht unterdrücken.

彼は時折、疲労感で息切れするのを抑えることができなかった。

Und er war gezwungen, zwischendurch ein paar Mal Pausen einzulegen.

そして、彼はその間に何度か休憩を取らざるを得ませんでした。

Niemand drängte ihn jetzt zur Eile; es lag ganz bei ihm.

今は誰も彼を急がせていなかった。すべては彼次第だった。

Schließlich vollendete er die langsame und schmerzhafte Drehung.

ついに彼はゆっくりと苦痛に満ちたターンを終えた。

Er machte sich sofort auf den Weg zurück in sein Zimmer.

彼はすぐに自分の部屋へまっすぐ戻り始めました。

Er war erstaunt darüber, wie weit er von seinem Zimmer entfernt war.

彼は自分の部屋からどれだけ離れているかに驚いた。

Wie war er trotz seiner Schwäche zuvor dorthin gelangt?

彼は、その弱さにもかかわらず、どうやって以前そこに辿り着いたのだろうか？

Er war fast denselben Weg gegangen, ohne es zu bemerken.

彼は気づかずにほとんど同じ道を通ってきた。

Er konzentrierte sich jetzt nur noch darauf, so schnell wie möglich zu krabbeln.

彼はただ、できるだけ早く這うことに集中した。

Das Ausbleiben von Kommentaren störte ihn nicht.

誰からもコメントがなかったことは彼を悩ませなかった。

Erst als er schon in der Tür war, drehte er den Kopf.

ドアの中に入ったときだけ、彼は頭を振り返った。

Aber er konnte sich nicht vollständig umdrehen und zurückblicken.

しかし、完全に振り返って見ることはできなかった。

Denn er spürte, wie sich sein Nacken beim Umdrehen noch mehr versteifte.

なぜなら、振り向くと首がさらに硬くなるのを感じたからだ。

Doch er sah, dass sich hinter ihm ohnehin nichts verändert hatte.

しかし、彼は自分の後ろでは何も変わっていないことに気づいた。

Der einzige Unterschied war, dass seine Schwester aufgestanden war.

唯一の違いは、妹が立ち上がったことだった。

Sein letzter Blick verriet ihm, dass seine Mutter eingeschlafen war.

彼の最後の視線は、母親が眠りに落ちたことを示していた。

Sobald er in seinem Zimmer war, wurde die Tür geschlossen.

彼が部屋に入るとすぐにドアが閉まった。

Und sobald die Tür geschlossen war, wurde der Schrank verriegelt.

そしてドアが閉まるとすぐにボルトがロックされました。

Gregor erschrak über das unerwartete Geräusch hinter ihm.

グレゴールは後ろから聞こえた予期せぬ物音に驚いた。

Und vor lauter Überraschung knickten seine Beine unter ihm ein.

そして突然の驚きで彼の足は震え上がった。

Es war seine Schwester, die hinter ihm zur Tür geeilt war.

彼の後ろのドアに駆け寄ったのは妹だった。

Sie stand bereits aufrecht da und wartete auf ihn.

彼女はすでにそこに直立し、彼を待っていました。

Dann machte sie einen leichten Sprung nach vorn, ohne dass Gregor es hörte.

それから彼女はグレゴールに聞こえないように軽く前に飛び
出した。

"Endlich!", rief sie laut, als sie den Schlüssel umdrehte.

「やっと！」彼女はキーを回しながら大声で叫んだ。

„Was nun?", fragte sich Gregor, allein in der Dunkelheit.

「さて、どうしよう」とグレゴールは暗闇の中で一人、自分
自身に問いかけた。

Er merkte bald, dass er sich überhaupt nicht mehr bewegen
konnte.

彼はすぐに、もうまったく動けないことに気づいた。

Doch seine Unbeweglichkeit überraschte ihn nicht wirklich.

しかし、彼は自分が動けないことにそれほど驚いてはいなか
った。

Sich auf so dünnen Beinen fortbewegen zu können, erschien
lächerlich.

あんなに細い足で動けるなんて、馬鹿げているように思えた
。

Er wusste nicht, wie ihm das jemals gelungen war.

彼は自分がどうやってそれを成し遂げたのか分からなかった
。

Abgesehen davon fühlte er sich aber relativ wohl.

しかし、それ以外は、彼は比較的快適に感じていました。

Es stimmt, dass er am ganzen Körper tiefe Schmerzen
verspürte.

確かに彼は体中に深い痛みを感じていた。

Doch der Schmerz schien immer schwächer zu werden.

しかし、痛みはだんだん弱まってきたようでした。

Und er hatte das Gefühl, der Schmerz würde irgendwann
verschwinden.

そして、痛みはやがて消えていくような気がした。

Er spürte den faulen Apfel in seinem Rücken kaum noch.

彼は背中の腐ったリンゴの感覚をほとんど感じなくなってい
た。

Er dachte mit Rührung und Liebe an seine Familie zurück.
彼は感動と愛情をもって家族のことを思い出した。

**Er spürte die Gefühle seiner Schwester noch stärker als sie
selbst.**
彼は妹の感情を彼女自身以上に感じ取った。

**Sie hatte Recht mit dem, was sie gesagt hatte; er musste
gehen.**
彼女の言ったことは正しかった。彼は去らなければならなか
ったのだ。

**Er verbrachte einige Zeit in diesem leeren und friedlichen
Zustand.**
彼はこの空虚で平和な状態でしばらく過ごした。

Die Uhr schlug dreimal, leise, aber bestimmt.
時計は静かに、しかし確実に三度鳴った。

Gregor wurde sanft aus seinen Betrachtungen gerissen.
グレゴールは静かに考えから引き戻された。

**Er beobachtete, wie das Morgenlicht langsam in sein
Zimmer drang.**
彼は朝の光がゆっくりと部屋に入ってくるのを眺めた。

**Dann sank sein Kopf völlig nach unten, ohne dass er es
wollte.**
すると、彼の頭は、自分の意志とは関係なく、完全に下がっ
てしまった。

**Und sein letzter Atemzug entwich schwach aus seinen
Nasenlöchern.**
そして彼の最後の息が鼻孔から弱々しく流れ出た。

Das Dienstmädchen kam früh am Morgen in sein Zimmer.
メイドさんは朝早く彼の部屋に入ってきた。

Bei ihrem üblichen kurzen Besuch fand sie nichts Ungewöhnliches vor.

彼女はいつもの短い訪問中に何も異常なことは発見しなかった。

Aus Kraft und in Eile knallte sie alle Türen zu.

彼女は力と速さのあまり、すべてのドアをバタンと閉めた。

An ruhigen Schlaf war in der gesamten Wohnung nicht zu denken.

アパート全体で安らかな睡眠をとることは不可能でした。

Sie war gebeten worden, dies morgens zu vermeiden.

彼女は朝にこれを避けるように言われていた。

Sie glaubte, er läge absichtlich so regungslos da.

彼女は彼がわざと動かずにそこに横たわっているのだと思った。

Vielleicht wollte er ihr zeigen, dass er beleidigt war.

おそらく彼は彼女に自分が怒っていることを示したかったのでしょう。

Sie vertraute darauf, dass er über alle Arten von Intelligenz verfügte.

彼女は彼があらゆる種類の知性を持っていると信じていた。

Sie hielt zufällig den langen Besen in der Hand.

彼女はたまたま長いほうきを手に持っていました。

Also versuchte sie von der Tür aus, Gregor ein wenig zu kitzeln.

そこで、彼女はドアのところから、グレゴールを少しくすぐろうとしました。

Sie war etwas verärgert darüber, dass er überhaupt nicht reagierte.

彼がまったく反応しなかったため、彼女は少しイライラした。

Deshalb stieß sie ihn diesmal etwas energischer an.

そこで彼女は今度はもう少し強く彼を押した。

Als er keinen Widerstand leistete, sah sie genauer hin.

彼が抵抗を示さなかったので、彼女はさらによく見てみました。

Bald begriff sie, was Gregor wirklich zugestoßen war.

彼女はすぐにグレゴールに一体何が起こったのか理解した。

Sie öffnete die Augen noch weiter und pfiff vor sich hin.

彼女は目を大きく見開いて、独り言で口笛を吹いた。

Doch sie zögerte nicht lange, bevor sie die Tür öffnete.

しかし彼女はドアを開ける前にあまり時間を無駄にしませんでした。

Und sie rief mit lauter Stimme in die Dunkelheit:

そして彼女は暗闇に向かって大声で叫びました。

"Komm und sieh es dir an, da liegt es, völlig tot."

「来て見てください。完全に死んでいますよ。」

Die beiden Eltern saßen aufrecht in ihrem Ehebett.

両親は夫婦のベッドでまっすぐ座っていました。

Zuerst mussten sie den Lärmschock überwinden.

まず彼らは騒音のショックを克服しなければなりませんでした。

Doch dann begannen sie langsam, ihre Botschaft zu verstehen.

しかし、彼らはゆっくりと彼女のメッセージを理解し始めました。

Herr und Frau Samsa sprangen jeweils von ihrer Seite des Bettes.

サムサ夫妻はそれぞれ自分の側のベッドから飛び降りた。

Herr Samsa warf sich die dicke Decke über die Schultern.

サムサ氏は厚い毛布を肩にかけました。

Und Frau Samsa kam nur im Nachthemd heraus.

そしてサムサ夫人はナイトガウンだけを身につけて出てきました。

Und so gelangten sie in Gregors Zimmer.
こうして彼らはグレゴールの部屋に入った。

Inzwischen hatte sich auch die Tür zum Wohnzimmer geöffnet.
その間に、リビングルームのドアも開きました。

Grete hatte dort geschlafen, seit die Mieter eingezogen waren.
グレーテは入居者が引っ越してきてからずっとそこで寝ていた。

Sie war vollständig angezogen, als hätte sie überhaupt nicht geschlafen.
彼女はまるで眠っていなかったかのように服を着たままだった。

Ihr blasses Gesicht schien ebenfalls ihren Schlafmangel zu beweisen.
彼女の青白い顔も睡眠不足を証明しているようだった。

„Er ist tot?", fragte Frau Samsa und blickte die Magd an.
「彼は死んだの？」サムサ夫人はメイドを見ながら尋ねた。

Das hätte sie selbst überprüfen können, indem sie ihn angesehen hätte.
彼女は彼自身を見てそれを確認できたはずだ。

„Ich glaube schon", sagte das Dienstmädchen und hob den Besen auf.
「そうだと思います」とメイドはほうきを手に取りながら言いました。

Und sie schob seinen Körper ein langes Stück über den Boden.
そして彼女は彼の体を床の向こう側まで押しやった。

Frau Samsa machte eine Bewegung, als wolle sie sie aufhalten.

サムサ夫人はまるで彼女を止めようとするような動きをした
。

Doch am Ende ließ sie das Dienstmädchen Gregor herumschieben.

しかし結局、彼女はメイドにグレゴールをだまさせてしまっ
た。

„Nun", sagte Herr Samsa, „endlich können wir Gott danken."

「そうだな」とザムサ氏は言った。「やっと神に感謝できる
な。」

Er bekreuzigte sich; Kopf, Brust, Schultern.

彼は頭、胸、肩に十字を切った。

Und die drei Frauen folgten seinem religiösen Beispiel.

そして三人の女性は彼の宗教的な模範に従いました。

Grete, die den Blick nicht von der Leiche abwandte, sagte:

グレーテは死体から目を離さずに言った。

„Seht nur, wie dünn er war! Er hat so lange nichts gegessen."

「彼がどれだけ痩せていたか見てください。長い間何も食べ
ていなかったのです。」

„Das Futter, das ich ihm jeden Morgen hinstellte, war immer unberührt."

「私が毎朝彼に残した食事はいつも手つかずのままでした。
」

Tatsächlich war Gregors Körper völlig flach und trocken.

実際、グレゴールの体は完全に平らで乾いていました。

Dies war nun, da er am Boden lag, deutlicher zu erkennen.

彼が地上にいた今、それはさらに明らかになった。

Weil sein Körper nicht mehr von seinen Beinen hochgehalten wurde.

なぜなら、彼の体はもはや足で持ち上げられなくなっていたからだ。

Und weil es nichts anderes gab, was die Aussicht beeinträchtigte.

そして、視界を邪魔するものが他に何もなかったからです。

„Komm doch für eine Weile mit uns herein, Grete", sagte Frau Samsa.

「しばらく私たちと一緒に来なさい、グレーテ」とザムザ夫人は言った。

Während sie sprach, lag ein gequältes Lächeln auf ihren Lippen.

彼女がそう言うと、彼女の唇には苦々しい笑みが浮かんでいた。

Grete folgte ihnen, blickte aber auch immer wieder zurück auf die Leiche.

グレーテは彼らの後を追ったが、死体にも振り返った。

Das Dienstmädchen schloss die Tür und öffnete das Fenster ganz.

メイドさんはドアを閉めて窓を全開にした。

Es war noch früh, daher wäre die Luft normalerweise kalt.

まだ早かったので、空気は通常冷たいはずです。

Doch in der kalten Luft lag auch ein Hauch von Wärme.

しかし、冷たい空気の中には暖かさも混じっていました。

Wie eine sanfte Erinnerung daran, dass es nun Ende März war.

まるで3月も終わりだということを静かに思い出させてくれるようでした。

Die drei Mieter verließen nun ebenfalls ihr Zimmer.

3人の入居者も部屋から出て行った。

Sie schauten sich staunend nach ihrem Frühstück um.

彼らは朝食を求めて驚いて辺りを見回した。

Das Frühstück wurde vergessen, wegen dem, was das Dienstmädchen gefunden hatte.

メイドが見つけたもののせいで朝食は忘れられてしまった。

„Wo gibt es Frühstück?", grummelte der mittlere Herr.

「朝食はどこだ？」真ん中の紳士がぶつぶつ言った。

Das Dienstmädchen legte den Finger an den Mund, um Ruhe zu gebieten.

メイドは静かにするように命じるために指を口に当てた。

Und sie winkte den Herren hastig und stumm zu.

そして彼女は急いで、そして静かに紳士たちに手を振った。

Das Dienstmädchen geleitete die drei Herren in den Raum.

メイドは3人の紳士を部屋に案内した。

Und sie erklärte ihnen weiterhin, was geschehen war.

そして彼女は彼らに何が起こったのかを説明し続けました。

Und die drei Herren standen um Gregors Leichnam herum.

そして三人の紳士はグレゴールの死体の周りに立っていました。

Mit den Händen in den Taschen blickten sie nach unten.

彼らはポケットに手を入れて下を向いていた。

Das Morgenlicht hatte den Raum nun vollständig durchflutet.

朝の光が部屋にたっぷりと差し込んでいた。

Dann öffnete sich die Schlafzimmertür und Herr Samsa erschien.

すると寝室のドアが開き、サムサ氏が現れた。

Auf der einen Seite saß seine Frau, auf der anderen seine Tochter.

一方には妻が、もう一方には娘がいました。

Herr Samsa trug inzwischen bereits seine Uniform.

サムサ氏はこの時すでに制服を着ていました。

Man konnte sehen, dass sie alle ein bisschen geweint hatten.

彼ら全員が少し泣いていたのが分かりました。

Grete drückte ihr Gesicht an den Arm ihres Vaters.

グレーテは父親の腕に顔を押し付けた。

„Verlassen Sie sofort meine Wohnung!", befahl Herr Samsa.

「すぐに私のアパートから出て行け！」とザムザ氏は命じた
。

Und er deutete auf die Tür, ohne die Frauen gehen zu lassen.

そして彼は女性たちを行かせずにドアを指さした。

„Was meinen Sie damit?", fragte der Mittelsmann verunsichert.

「どういう意味ですか？」仲買人は当惑しながら尋ねた。

Und er gab sich alle Mühe, Herrn Samsa freundlich anzulächeln.

そして彼はサムサ氏に優しく微笑むよう最善を尽くしました
。

Die anderen beiden hielten ihre Hände hinter dem Rücken.

他の二人は背中の後ろに手を組んでいた。

Und sie rieben sich erwartungsvoll die Hände.

そして彼らは期待しながら手をこすり合わせました。

Offenbar erwarteten sie einen lauten Streit.

彼らは大きな口論が起こることを予想していたようだった。

Aber sie schienen sich auf die bevorstehende Auseinandersetzung zu freuen.

しかし、彼らはこれから起こる議論に満足しているようだっ
た。

Sie dachten, der Streit würde zu ihren Gunsten ausgehen.

彼らはその争いが自分たちに有利になるだろうと考えた。

„Ich meine genau das, was ich eben gesagt habe", antwortete Herr Samsa.

「まさに今言った通りのことを言っているんです」とザムサ
氏は答えた。

Er ging mit seinen beiden Begleitern in einer geraden Linie.

彼は二人の仲間とともに一直線に歩いた。

Und Herr Samsa ging direkt auf ihren Anführer zu.

そしてサムサ氏は彼らのリーダーである紳士に直接近づきました。

Der Herr blieb zunächst stehen und blickte zu Boden.

紳士は最初、地面を見つめたままじっと立っていた。

Die Gedanken in seinem Kopf waren noch im Wandel.

彼の頭の中はまだ整理されていなかった。

"Gut, dann gehen wir", sagte er und blickte zu Herrn Samsa auf.

「わかった、行くよ」と彼は言い、サムサ氏を見上げた。

Eine neue Demut schien ihn plötzlich ergriffen zu haben.

新たな謙虚さが突然彼を襲ったようだった。

Und er schien um Erlaubnis für diese Entscheidung zu bitten.

そして彼はこの決断の許可を求めているようでした。

Herr Samsa öffnete die Augen weit und nickte leicht.

サムサ氏は目を大きく見開いて小さくうなずいた。

Die Herren folgten seinem Befehl unverzüglich.

紳士たちはすぐに彼の命令に従った。

Und sie machten tatsächlich große Schritte in den Flur hinein.

そして彼らは実際に廊下に大股で歩いてきました。

Seine Freunde hatten bereits aufgehört, sich die Hände zu reiben.

友人たちはすでに手をこするのをやめていた。

Sie hatten mitgehört, wie das Gespräch verlaufen war.

彼らは会話がどのように進むか聞いていた。

Und nun rannten sie ihm nach, als ob sie Angst hätten.

そして彼らは、まるで恐怖に駆られたかのように、彼を追いかけていた。

Es ist möglich, dass Herr Samsa sie immer noch von ihrem Anführer isoliert.

サムサ氏は依然として彼らをリーダーから孤立させるかもしれない。

Sie zogen ihre Stöcke aus dem Stöckebehälter.

彼らは棒を棒入れから引き出しました。

Und sie verbeugten sich schweigend, bevor sie die Wohnung verließen.

そして彼らはアパートを出る前に静かに頭を下げた。

Herr Samsa und die beiden Frauen traten aus dem Vorplatz.

サムサ氏と二人の女性は前庭から出てきた。

Aber eigentlich hatten sie keinen Grund, den Männern zu misstrauen.

しかし、実際には彼らには男性たちを信用しない理由はなかった。

Sie lehnten sich ans Geländer, um zu überprüfen, ob sie weg waren.

彼らは、彼らが去ったかどうかを確認するために手すりに寄りかかった。

Die drei Herren kamen tatsächlich die Treppe herunter.

確かに三人の紳士は階段を降りていました。

In einer bestimmten Kurve der Treppe verschwanden sie.

階段のある曲がり角で彼らは姿を消した。

Und dann brachte die Treppe sie wieder in Sichtweite.

そして階段を上ると、彼らは再び視界に入った。

Dieses Erscheinen und Verschwinden wiederholte sich auf jeder Etage.

この出現と消失は各階ごとに繰り返されます。

Doch schließlich waren sie fast am Ziel.

しかし、結局彼らはほとんど底に到達した。

Je weiter sie gingen, desto uninteressanter wurden sie.

進んでいくにつれて、ますます面白くなくなっていった。

Alle kehrten erleichtert ins Haus zurück.

皆はほっとしたように家に戻っていった。

Sie beschlossen, den Tag zum Ausruhen und für einen Spaziergang zu nutzen.

彼らはその日を休息と散歩に使うことにした。

Sie waren der Meinung, dass sie sich diese Auszeit von ihrer Arbeit verdient hatten.

彼らは仕事から離れて休むのは当然だと感じていた。

Sie hatten diese Auszeit nicht nur verdient, sie brauchten sie auch.

彼らはこの休暇に値するだけでなく、それを必要としていたのです。

Sie setzten sich an den Tisch, um Entschuldigungsbriefe zu schreiben.

彼らはテーブルに座り、謝罪の手紙を書いた。

Herr Samsa verfasste seinen Entschuldigungsbrief an die Geschäftsleitung.

サムサ氏は経営陣に謝罪の手紙を書いた。

Frau Samsa schrieb ihren Entschuldigungsbrief an ihre Kunden.

サムサ夫人は顧客に謝罪の手紙を書いた。

Und Grete schrieb ihren Entschuldigungsbrief an ihren Schulleiter.

そしてグレーテは校長に謝罪の手紙を書きました。

Während alle schrieben, kam das Dienstmädchen ins Zimmer.

皆が書いている間に、メイドさんが部屋に来ました。

Ihre Arbeit am Vormittag war erledigt, also ging sie nach Hause.

彼女は午前中の仕事が終わったので家に帰るところだった。

Die drei Schriftsteller nickten zunächst, ohne aufzusehen.

3人の作家は、最初は顔を上げずにうなずいていた。

Das Dienstmädchen schien aber noch nicht gehen zu wollen.

しかしメイドはまだ帰りたくないようでした。

Sie wartete einen Moment, bis die drei Schriftsteller aufblickten.

彼女は3人の作家が顔を上げるまで少し待った。

„Na?", fragte Herr Samsa verärgert, genau wie die anderen.

「それで？」ザムサ氏は他の人たちと同じように怒って尋ねた。

Das Dienstmädchen stand mit einem Lächeln im Gesicht in der Tür.

メイドさんは笑顔で戸口に立っていた。

Sie erweckte den Eindruck, gute Neuigkeiten zu verkünden zu haben.

彼女は良い知らせを伝えているような印象を与えた。

Aber sie würde die Neuigkeit nicht preisgeben, solange sie nicht dazu aufgefordert würde.

しかし、彼女は頼まれない限りそのニュースを話すつもりはなかった。

Die aufrecht stehende Straußenfeder an ihrem Hut schwankte leicht.

彼女の帽子に立てられたダチョウの羽根がわずかに揺れた。

Diese Straußenfeder hatte Herrn Samsa schon immer geärgert.

そのダチョウの羽はサムサ氏をいつも悩ませていた。

„Also, was wollen Sie dann?", fragte Frau Samsa bestimmt.

「それで、あなたは何が欲しいのですか？」とザムザ夫人はきっぱりと尋ねた。

Das Dienstmädchen hatte nach wie vor großen Respekt vor Frau Samsa.

メイドはサムサ夫人に対して依然として深い尊敬の念を抱いていた。

„Ja", antwortete sie und lachte freundlich auf.

「はい」と彼女は答え、親しみを込めた笑いを浮かべた。

Einen Moment lang unterbrach sie ihr Lachen und sie verstummte.

一瞬、彼女は笑いすぎて話せなくなった。

„Um das Ding nebenan brauchst du dir keine Sorgen zu machen."

「隣のことは心配しなくていいよ。」

„Ich habe bereits dafür gesorgt, wie wir es loswerden."

「どうやって処分するかはもう決めてあります」

Frau Samsa und Grete schrieben ihre Briefe weiter.

ザムザ夫人とグレーテは手紙を書き続けました。

Herr Samsa bemerkte jedoch, dass das Dienstmädchen noch nicht fertig war.

しかし、サムサ氏はメイドの仕事がまだ終わっていないことに気づいた。

Nun wollte sie alles genauer beschreiben.

今、彼女はすべてをもっと詳しく説明したいと考えていました。

Doch er streckte die Hand aus, um ihre Annäherungsversuche zurückzuweisen.

しかし彼は彼女の努力を拒否するために手を差し伸べた。

Sie erkannte, dass sie an ihren Plänen kein Interesse hatten.

彼女は彼らが自分の計画に興味を持っていないことに気づいた。

Und dann erinnerte sie sich an die große Eile, in der sie gewesen war.

そして彼女は自分がとても急いでいたことを思い出した。

„Dann tschüss", sagte sie, sichtlich beleidigt über das mangelnde Interesse.

「じゃあ、チャオ」と彼女は無関心に腹を立てて言った。

Bevor sie ging, knallte sie die Tür jedoch mit einem lauten Knall zu.

しかし彼女は出て行く前に、ドアをものすごく強く閉めました。

„Sie wird heute Abend entlassen", sagte Herr Samsa.

「彼女は夕方には解雇されるだろう」とサムサ氏は言った。

Seine Frau und seine Tochter hatten jedoch keine Zeit, ihm zu antworten.

しかし、彼の妻と娘は忙しすぎて返事をすることができませんでした。

Weil das Dienstmädchen ihren gerade erst gewonnenen Frieden gestört hatte.

メイドが、彼らが新たに得た平和を乱したからだ。

Die Mutter und die Tochter standen auf und gingen zum Fenster.

母親と娘は立ち上がって窓のところへ行きました。

Und so blieben sie mit den Armen umeinander liegen.

そして、二人は腕を組んでそこに留まりました。

Herr Samsa drehte sich in seinem Stuhl um, um sie anzusehen.

サムサ氏は椅子の上で体をひねって彼らを見た。

Und eine Weile lang beobachtete er sie schweigend, wie sie dort standen.

そしてしばらくの間、彼は彼らがそこに立っているのを静かに見守っていました。

Schließlich rief er ihnen zu: „Willst du zu mir kommen?"

ついに彼は彼らに呼びかけました。「私のところに来ません か？」

„Vergessen wir doch einfach all den alten Kram."

「古いものはすべて忘れましょう。」

"Komm her und schenk mir ein wenig deiner Aufmerksamkeit."

「私のところに来て、少し注意を払ってください。」

Die beiden Frauen taten, wie er gesagt hatte, und eilten zu ihm hinüber.

二人の女性は彼の言う通りにして、彼のところへ駆け寄った。

Sie umarmten ihn herzlich und küssten ihn.

彼らは彼を愛情たっぷりに抱きしめ、キスをした。

Sie kehrten schnell zurück, um ihre Briefe fertig zu schreiben.

彼らはすぐに戻って手紙を書き終えました。

Dann verließen alle drei gemeinsam die Wohnung.

それから三人は一緒にアパートを出て行きました。

Sie waren seit Monaten nicht mehr zusammen aus dem Haus gegangen.

彼らは何ヶ月も一緒に家から出かけていなかった。

Und sie fuhren mit der Straßenbahn an den Stadtrand.

そして彼らは路面電車に乗って街の郊外へ向かいました。

Sie hatten den gesamten Waggon der Straßenbahn für sich allein.

彼らは路面電車の車両を全部独り占めしていた。

Von draußen strömte Sonnenschein durch das Fenster.

外から窓を通して太陽の光が差し込んできた。

Die Familie lehnte sich bequem in ihren Sitzen zurück.

家族は座席に心地よく寄りかかっていた。

Und sie besprachen die Aussichten für ihre Zukunft.

そして彼らは将来の見通しについて話し合いました。

Bei näherer Betrachtung waren ihre Aussichten gar nicht so schlecht.

詳しく調べてみると、彼らの見通しは悪くなかった。

Alle drei hatten Jobs mit dem Potenzial, mehr zu verdienen.

3人とも、もっと稼げる可能性のある仕事に就いていました。

Sie hatten einander nie nach ihrer Arbeit gefragt.

彼らはお互いの仕事について尋ねたことは一度もなかった。

Doch nun hatten sie endlich Zeit, solche Dinge zu besprechen.

しかし今、ようやく彼らにはそういったことを話し合う時間ができた。

Sie hatten auch die Möglichkeit, in eine kleinere Wohnung umzuziehen.

もっと小さなアパートに引っ越すという選択肢もありました。

Dies hätte den größten Einfluss auf ihr Leben.

これは彼らの人生に最も大きな影響を与えるでしょう。

Ihre jetzige Wohnung hatte Gregor ausgesucht.

彼らの現在のアパートはグレゴールが選んだものだった。

Aber jetzt könnten sie in eine günstigere Gegend ziehen.

しかし今、彼らはもっと手頃な場所に移ることができるのです。

Eine kleinere Wohnung, aber eine praktischere.

小さめのアパートですが、より実用的な場所です。

Das Gespräch über die Zukunft machte Grete wieder lebendiger.

将来について話すと、グレーテはまた元気になりました。

Herr und Frau Samsa bemerkten auch andere Veränderungen an ihr.

サムサ夫妻は彼女の他の変化にも気づきました。

Ihre Wangen waren vor lauter Sorgen ganz blass geworden.

心配のせいで彼女の頬は青ざめていた。

Doch ihre Tochter entwickelte sich inzwischen zu einer feinen jungen Dame.

しかし今、彼らの娘は立派な女性へと成長していました。

Sie war mittlerweile wirklich eine wohlproportionierte und hübsche junge Frau.

彼女は今や、本当に体格がよく、立派な若い女性でした。

Ihre Eltern wurden still und bewunderten ihre Tochter.

両親は静かになり、娘を尊敬した。

Sie wechselten Blicke und kommunizierten unbewusst.

彼らは無意識のうちにお互いの顔を見合わせながらコミュニケーションをとった。

„Es wird bald an der Zeit sein, einen guten Mann für sie zu finden.“

「もうすぐ彼女にふさわしい男性を見つける時期が来るでしょう。」

Die Straßenbahn hatte ihr Ziel erreicht und bremste ab.

路面電車は目的地に到着し、速度を落とした。

Ihre Tochter schien ihre neuen Träume zu bestätigen.

娘は彼らの新たな夢を認めたようだった。

Sie war die Erste, die aufstand und ihren jungen Körper streckte.

彼女は真っ先に立ち上がり、若い体を伸ばしました。